Die Decke

Miniaturen, Mythen, Gedichte

Engelbert Obernosterer

LAND KÄRNTEN

Kultur

www.kitab-verlag.com

office@kitab-verlag.com

ISBN 978-3-902878-80-9

Vorwort

Das Be-ob-achten, zum Beispiel des Wildes von einem Hochsitz herab, läuft darauf hinaus, Vorteile daraus zu ziehen.
Meine Art zu schauen, das Be-unt-achten, versucht den Blick von oben herab zu vermeiden. Mit anderen Worten: Dient die gebräuchliche Sprache von sich aus dem Erfassen und Verwerten des Beobachtbaren, so gilt mein Achten mehr dem, was ver - deckt davon geschieht.

Meine Bemühungen als Schreibender gehen dahin, von der beobachtbaren Realität in Richtung Nullpunkt abzutauchen, um von dort aus zu be-unt-achten, was sich an der Oberfläche tut. Befinde ich mich sodann in der Nähe des Grundes,(zu dem keiner von sich aus gehen möchte), brauche ich nichts mehr zu erfinden, sondern nur noch zu notieren, was ich sehe. Von hier aus ergibt sich eine Perspektive, die die beschriebenen Personen allein schon deswegen in ihren Bann zieht, weil jeder in einem bestimmten Verhältnis zum Grund steht.

Hier im Gebirge gibt es viel Wetter, eigentlich nur Wetter. Gemeint sind damit nicht nur die meteorologischen Vorgänge im engeren Sinn, sondern die alles erfassende und in sich hinein ziehende Großwetterlage, in deren Schwankungen auch die Veränderungen einbezogen sind, die Menschen zu verursachen meinen.

Außer dass hin und wieder ein Rabe sich mit schwerem Flügelschlag von einem abgeernteten Türkenfeld in die Höhe rackert kaum eine Regung im milchigen Dunst über dem Talboden, wenn gegen Ende des Jahres die tief herab hängenden Weißlichkeiten sich randlos mit den vereinzelt hingestreuten Baumgruppen und vom Schnee schief gedrückten Heuhütten verbinden, auf die zu in ihrer Helligkeit kaum davon unterscheidbare Fuhrwege sich hin winden, auf welchen auf ihre Gesundheit bedachte ältere Herrschaften ihr tägliches Marschpensum erledigen. Indem sie gegen die natürlichen Vorgänge des Niedergangs ankämpfen, ändern sie an der Gesamtsituation nichts, vielmehr zieht die Atmosphäre sie in sich hinein und löst sie auf, weshalb es nur eine Frage der Zeit ist, bis das große kalte Weiß die kleinen dunklen Punkte auf dem Feldweg in seine unerheblichen Schwankungen aufnimmt.

Sich hinziehende Tage ohne irgendwelche Ereignisse, keine Ahnung wie viele. Gegen Mittag hellt es über den Häusern etwas auf. Und das wars dann, was ihren Bewohnern an Abwechslung geboten wird.

Nachbars Hühner drücken die Stimmung auf ihre Weise aus: In den tief ausgewühlten Mulden des Streuhaufens hockend, vergraben sie die Köpfe ins Gefieder.

Plötzlich geht das Hoftor vor ihnen auf. Unglaublich! Draußen schießen Lichtbündel kreuz und quer; aus Wolkenlöchern bricht Helligkeit hervor, ergießt sich auf die von Tautropfen glitzernde Wiesen, darüber ein Himmel so blank, dass jede Hausfrau schon dessen Sauberkeit wegen ihre Freude daran haben müsste.

Das Hühnervolk hält es nicht länger im Stall; die Streu aus dem Gefieder schüttelnd begeben sie sich, nunmehr die Hälse in die Höhe streckend, der Reihe nach ins Freie. Mit hellem, weithin hörbaren Wonnegesang verkünden sie, dass das Blatt sich gewendet hat. Von Morgenlust erfüllt, die in hohen Lagen gehaltenen Stimmen fast gänzlich von Krächzen gereinigt und selbstgefällig in die Länge ziehend, singen sie verzückt durcheinander. Königlich blickt der Hahn um sich und schüttelt die vielfarbige Halskrause. Würdig, würdig! Federnder Schritte und nach oben ruckender Hälse ergehen sich selbst die kahlarschigen, aus lidlosen Augen linsenden Althennen in einem Gefühl von Stolz und Freiheit. Keine fühlt sich in so einer Stunde von der Umzäunung eingeengt, keine kümmert sich um schnöden Fraß.

So schön ist dieser Morgen.

Draußen vor den letzten Häusern rattert schon eine Weile ein Miststreuer ein Ackerviereck auf und ab. Über allerlei Unebenheiten dahin holpernd schleudert er das Zeug in hohem Bogen nach hinten, allwo sich im Grün eine dunkle Bahn bildet.

Auf dem Platz unterhalb der Kirche wie an den Vortagen die zwei Erdarbeiter, keine Hiesigen offensichtlich. Bis zur Hüfte verdeckt, stehen sie im ausgebaggerten Schacht; der junge Dunkelhäutige lässt zwischen den Flügeln der aufgeknöpften Arbeitsbluse seinen muskulösen Oberkörper sehen.

In Sichtweite davon hat eine Frau soeben die Fenster geöffnet. Es ist die alleinstehende Pensionsinhaberin, die sich heuer einer guten Bettenauslastung erfreuen kann. Eine Weile steht sie mit Blick auf die beiden Männer im Fensterrahmen. Prüfend tastet sie mit der Rechten an den Hinterkopf. Sie scheint mit dem Sitz der Frisur zufrieden zu sein. Noch ein Blick nach rechts zur Kirche hinauf, dann wendet sie sich wieder dem dunklen Inneren des Raumes zu.

Als ich später noch einmal hinsehe, hat sie Bettwäsche zum Lüften heraus gehängt; wie eine den Erdarbeitern entgegen gestreckte Zunge hängt sie aus der Fensteröffnung.

So wie ein unvollständig ausgefülltes Kreuzworträtsel dem keine Ruhe lässt, der es nicht geschafft hat, allen quasi nach Buchstaben hungernden Kästchen das Ihre zu geben, weshalb ihm die weißen Kästchen noch eine Weile auf den Fersen bleiben, so zieht ein seit Längerem eingespieltes Tagesprogramm mich von einem Gegenstand zum anderen, bis ich allen häuslichen Erfordernissen Genüge getan habe und in Wanderadjustierung im offenen Haustor stehe.

Was nun folgt, geschieht auf Grund ärztlicher Empfehlungen, die auf den Erhalt der Gesundheit, worin immer sie bestehen mag, ausgerichtet ist.

Diesem Konzept folgend also hinaus aus den Annehmlichkeiten des Hauses, rüstigen Schrittes den sich durchs Feld schlängelnden Schotterweg dahin, vorbei an den vor sich hindösenden Heuhütten, dann mit kürzeren Schritten den Hohlweg aufwärts; die alten Schistöcke befinden sich in automatischer Gegenbewegung zu den Schritten, gleichmäßigen Tempos vorbei an Strauch und herabhängenden Fichtenwedeln, mit einem Sprungbogen hinweg über Rinnsal und quer liegenden Strunk.

Bei der ausgehöhlten Fichte wie üblich ein Blick auf die Uhr. Eine ziemlich durchschnittliche, seit Längerem unveränderte Gehzeit! Darüber, ob es mit mir aufwärts oder abwärts geht, will sie nichts aussagen.

In meinen guten Jahren, als die Zeit noch keine Rolle spielte, war seitlich des Weges vielerlei zu entdecken: Berberitzen, Pilze, knorrige Buchen, aus deren verkrüppelten Ästen mit weit aufgerissenen Augen Waldschrate hervor glotzten; in hohen eleganten Bögen sprang ein Reh aus dem Unterholz, von den emsigen Ameisen, deren Geschäftigkeit ich mit Anteilnahme verfolgt habe und den listenreichen, in silbrig schimmernden Netzen lauernden Spinnen ganz zu schweigen.

Schade um den Wald meiner guten Jahre! Durch den Blick auf die Uhr löst sich sein Zauber auf in Minuten und Sekunden.

Wald werde ich diese Gehstrecke nicht mehr nennen, ist sein Sammelsurium doch zu einem bloßen Trainingsgerät verkommen. Eines mit gleicher Funktion habe ich in meinem Schreibzimmer stehen; auf ihm kann ich bei ungünstigen Außenverhältnissen das für meinen Kreislauf Notwendige erledigen.

Freilich bietet der Hometrainer noch weniger Abwechslung. Unbarmherzig lange halten sich, während die Beine kreisende Bewegungen vollführen, die Zahlen auf dem Display in der Nähe der Nullmarke. Die Erfahrung besagt: Der Gedanke an das tägliche Soll allein genügt nicht, dass das Nötige dafür getan wird. Ohne Skala verliert sich der nötige Antrieb. Auch der Begriff Gesundheit ist etwas viel zu Vages, als dass man sich dafür verausgaben möchte. Die schöne Zahl aber, der die monotone Strampelei sich nun bis zur Hälfte genähert hat, verleiht Kraft und Wille, weiter auf sie zu zu arbeiten.

Ich habe geduscht, mir frische Unterwäsche angezogen und das Badezimmer aufgeräumt. Das Angenehme an den einzelnen Verrichtungen bestand darin, dass jede einen bestimmten Verlauf in sich hatte und auf diese Weise allen Körperteilen vorgegeben hatte, wie sie zu bewegen waren.

Jetzt ist mir leichter.

Für eine Weile.

Allmählich aber wird es auf eine andere Weise unangenehm: Ich sehe nicht , wie es weiter gehen soll. Was ein ordnungsliebender Hausmann, ein auf Fitness bedachter Pensionist, ein zielstrebiger Literat tun würde, wüsste ich so ungefähr. Aber ich bin nichts von alledem und stehe deshalb ziemlich dumm im Zimmer.

Mein Haus hat einen gegen Westen hin offenen Winkel, in welchem die milde Wärme der untergehenden Sonne, reflektiert von aufgeschlichtetem Scheiterholz, gestaut wird. Es gehört zum Ritual eines gelungenen Tages, dass ich, bevor die milder werdende Abendsonne sich hinter dem Rabenwäldchen entzieht, mit ein paar sorgfältig zubereiteten Broten und einem Glas goldig funkelnden Weißweins, die Füße befreit von den Beengungen der Sandalen und Socken, es mir in der dortigen Sitzgruppe gemütlich mache.

Gelassen wie die flaumigen Sommerwölkchen gleitet der Tag mit seinen unbedeutenden Ereignissen noch einmal an mir vorüber. Getrenntes schließt sich zusammen, Verbindungen ergeben sich, Gleichmut fließt, vom kühlen Veltliner bejaht, in die Vorgänge ein.

Ist das selbständig gewordene Chemie, was in den zerebralen Zonen eine so angenehme Lebhaftigkeit ergibt? Ohne mich einzumengen, verfolge ich die Aktionen und Reaktionen und worauf die wetterartigen Vorgänge hinaus laufen. Ein selbständig gewordenes, in sich schwankendes Hoch zieht über die Hirnwindungen hin und lässt den zufrieden im Gartensessel lungernden Körper über ein genüssliches Lümmeln hin an seinen herrlich freien Entwicklungen teilhaben.

Zwischen allerlei Grünzeug vor dem Haustor ragen aus riesigen Plastik-Behältern zwei Rhododendren über die anderen Ziergewächse empor, ziemlich belämmerte, immerzu nach Wasser, Entlausung und Dünger verlangende Tyrannen, wie ihre menschlichen Entsprechungen immerzu Bedienung und Unterstützung benötigend, an einem Holzpflock festgebunden und annähernd in der Senkrechten gehalten der eine, an Entlaubung leidend und allerlei Berater um sich sammelnd der andere. Laut übereinstimmender Meinung der verschiedenen Berater braucht jeder täglich mindestens einen Kübel Wasser, am besten laues.

So oft ich Kübel schleppend mich ihnen nähere, muss ich an einem Büschel Unkraut vorüber, das im Frühjahr aus einem Frostaufbruch im

Asphalt hervorgedrungen ist und sich, wie ich mit Wohlgefallen verfolge, prächtig entfaltet: Schön ist das Gesprieße nach herkömmlichen Begriffen zwar nicht, eher sieht es nach Vernachlässigung und Schlamperei aus, einer speziellen Namensgebung jedenfalls nicht wert; nie hat es von jemandem außer vom Regen Wasser bekommen. Dessen ungeachtet hält es sich wacker. Meine Anerkennung!

Sollte ich es nicht auch begießen? Nein! Aber ich werde es davor schützen, dass man es im Sinne von Ordnung und Sauberkeit ausreißt.

Immer wenn ich einen Baum mit seinen unzähligen ihn verbiegenden Bedingungen, den von ungünstigen Gegebenheiten erzwungenen Astkrümmungen und ausweichenden Bewegungen der Wurzelstränge betrachte, überkommt mich das Gefühl, einem durch gleiche Gesetze geformten Wesen gegenüber zu stehen, wie ich es bin. Mehrere Male habe ich auch versucht, eines dieser Systeme zeichnend nachzuvollziehen, habe mich, vertragen durch meine leider ungeübte Hand dem angenähert, was ich meinte, dass den Baum ausmacht, wobei die Zeichnung am Ende mehr aus gutem Willen denn aus getreuer Abbildung bestand. *Baumannäherungen* habe ich das Geraufe der Luftwurzeln mit Licht, Wind und den Zufällen der Bodenverhältnisse betitelt und darin auch mein Geraufe mit dem nie ganz fassbaren „Baum" gemeint.

Weniger Schwierigkeiten mit Bäumen hat, wie ich als Lehrer erkennen musste, die nächste Generation. Wenn das Thema der Zeichenstunde einen Wald erforderte, setzten schon die Volksschüler ohne zu zögern eine Reihe dieser bereits im Kindergarten eingeübten zackiger Baumschemen dorthin, wo in meiner Kindheit noch der blutrünstige Wolf hervor äugte. Die wohlmeinenden Eltern haben den Sprösslingen von den ersten Zeichenversuchen weg das Unheilvolle, Verstrickte und Schicksalhafte vom Baum entfernt und durch ein Baumkürzel ersetzt. Dieses Überbleibsel, das sich auch als Schablone für die weihnachtlichen Kekse eignet, bereitet den Kindern keinerlei Schwierigkeiten und Ängste mehr. Zusammen mit der lachenden Sonne über dem Haus, mit dem Auf – ab - Dach und Rauchwölkchen schräg über dem Schornstein kann ein Kind von heute ziemlich jedes vom Lehrer gestellte Thema bewältigen.

Die mich betreffenden Zahlen besagen in aller Sachlichkeit, dass ich mit jedem Tag weiter hinein schlittere in eine Phase, in der ich dem Durchschnitt der Lebenserwartung zufolge schon tot sein müsste. Dem entsprechend fühle ich mich bisweilen auch. Ergibt sich zwischendurch eine Belebung, ein Lichtblick, so ist das ein Geschenk, über das ich mich eigentlich freuen müsste. Nur, woher die Freude nehmen? Die Lebenssäfte dringen nicht mehr in die Gefäße ein.

Dafür lässt auch das Spannen und Reißen innerhalb der Zellgefüge nach, wie es mir speziell in den Jahren meines Heranwachsens zugesetzt hatte. Schmerzen, wie ich als Kind sie mir angesichts von vornübergebeugten Greisen vorgestellt habe, bleiben weitgehend im Stadium der Befürchtungen. An den letzten Geburtstagen bin ich in einer Gefühllosigkeit vorüber geglitten, wie die Kirche sie den ungetauft verstorbenen Kindern im Jenseits in Aussicht stellt, dem sogenannten Kinderhimmel, in dem es weder Freuden noch Leiden gibt.

Erstmals aus dem Bereich des Selbstverständlichen aufgescheucht wurde ich, als ich, noch unbekümmert mich eines studentischen Lebens erfreuend, ohne Zeitgefühl in den Tag hinein lebte. Eines Morgens, der bis auf die Straße herab hängende Herbstnebel ließ keine zehn Schritte weit sehen, eilte ich durch eine ländliche Ortschaft der Bushaltestelle zu. Da hörte ich von einer gerade aus dem Haus kommenden Volksschülerin ein helles *Grüß Gott*. Ich schaute mich um. Es war niemand da, den der Gruß hätte meinen können. Außer mir. Ein Schrecken durchfuhr mich: Das wohlerzogene Kind hatte mich mit seinem Gruß hineingestoßen in jenen Kreis von Erwachsenen, die von Kindern zu grüßen sind. Der Gruß lief mir kalt über den Rücken: als Hinweis darauf, dass die Jugend nun vorbei sei und ich von der vergehenden Zeit in die Gräuel des Erwachsenseins hinein gestoßen werde.

Mit vierzig rückte mir das Alter von einer anderen Seite her an den Pelz, zwar noch immer nicht mit irgendwelchen Abnützungen und Beschwerden, sondern eben mit jener seit langem gefürchteten Zahl, die in etwa die Halbzeit des Lebens markiert. In aller Sachlichkeit gab sie mir zu verstehen, dass es von nun an mit mir in mehrfacher Hinsicht abwärts ginge; jawohl: abwärts, da könnte ich reißen wie ein Stier an der Kette, am Ende würde ich mich schon in das fügen, was eines Vierzigers ist.

Da kannten mich diejenigen, die mich rundweg als Vierziger behandelten, aber schlecht. Ihnen, mir selbst und der Zahl wollte ich es schon noch zeigen, was in mir steckt. Ich beschloss, die gängigen Durchschnittswerte und Prognosen Lügen zu strafen, indem ich mir eine komplette Laufausrüstung kaufte, meine Ernährungs- und Trinkgewohnheiten optimierte, und siehe da: Ich unterbot auf meiner Teststrecke meine früheren Laufzeiten. Es ging also nachweislich aufwärts! Dieser erfreulichen Tatsache gegenüber fiel es nicht ins Gewicht, dass nach solchen Anstrengungen die Muskeln krampften und die Lunge brannte. Zufriedenheit und Stolz, ging von den neuen Zahlen aus; auf sie verweisend stand ich mit so manchem Dreißigjährigen auf einer Stufe.

Aber was war das? Von ferne, noch klein, jedoch stetig anwachsend, tauchte ein Schreckgespenst auf: der Fünfziger. Eine scheußliche Zahl, besonders gefürchtet von den Damen.

Verglichen mit den damit verbundenen Befürchtungen waren die tatsächlich auftretenden Körperunbilden der zweiten Lebenshälfte jedoch harmlos. Gegen sie hatte das staatliche Gesundheitswesen immerhin eine beruhigend breite Phalanx an Heilmitteln und Schmerzlinderungen in Stellung gebracht, dazu ein hoch spezialisiertes Spitalswesen samt einem Netz von praktischen Ärzten und einer rührigen pharmazeutischen Industrie.

Gegen jede Art von Beschwerden hatte sie eine Pille oder ein Kraut, und falls das eine Mittel nicht half, sprangen sofort mehrere andere in die Bresche und verwiesen den Patienten von der einen Hoffnung auf unbegrenzt viele andere weiter.

Nein, die physischen Unbilden braucht ihr nicht zu fürchten, möchte ich denen zurück rufen, die in den guten Jahren stehend, sich diese von Ängsten des Alterns verfinstern lassen; dagegen kann unbegrenzt viel unternommen werden.

Machtlos ist man nur gegenüber den unbeirrt vorrückenden Zahlen. Gegen die ist nämlich kein Kraut gewachsen.

Mit dem Abgang habe ich es leichter als andere, die unter Schmerzen und in unaufhaltsamen Zerfallszuständen warten müssen, bis der ausfransende Lebensfaden endgültig reißt oder sie von ihrem Elend dermaßen gedemütigt und selber angeekelt sind, dass es ihnen gelingt, der Sache von sich aus ein Ende zu bereiten.

Sowie mir einmal die Lebensmodalitäten mit all dem zu nichts führenden Hin und Her über sein werden, weiß ich bereits eine Methode, um mich schmerzlos, ja auf angenehme Weise dieser Last zu entledigen: Ich brauche nur mit den Selbstquälereien des Fitness-Programms aufzuhören, die Tabletten in der Verpackung zu lassen, dem bevorstehenden Anlass gemäß meinen einzigen schwarzen Anzug anzuziehen und mich in ein gepflegtes Restaurant zu begeben, allwo ich mir nach langer Zeit wieder einmal gönne, was ich mir aus Rücksicht auf meine Blutfettwerte schon lange nicht mehr gegönnt habe: einen deftigen Bauernschmaus mit Semmelknödel und Kraut, dazu ein großes Bier. Mmm, ich schmecke bereits die würzige Soße, die ich über den aufgestochenen Knödel träufle! Endlich einmal ohne auf Diätvorschriften Rücksicht nehmen zu müssen in den herrlich duftenden Haufen hinein gewühlt, um mich hierauf schwerleibig wie der Wolf nach dem Verzehr der Großmutter in die Sessellehne zurück sinken zu lassen.

Sowie ich mich wieder aufnahmefähig fühle, winke ich mir das Wägelchen mit den Mehlspeisen herbei, obwohl schon klar ist, dass es auch diesmal ofenwarmer Apfelstrudel mit einem spiralig eingedrehten Sahnetürmchen darauf werden wird. Bleibt nur noch die wichtigste Frage: Welcher edle Tropfen wohl dem Höhepunkt und Abschluss meines Lebens gerecht würde. Sein runder Abgang sollte nämlich, wie ich hoffe, rund in den meinen übergehen.

Blöd wäre nur - was nicht auszuschließen ist - dass mich nach so einem Mahl das Leben wieder freut und ich das unterbrochene Fitness-und Diätprogramm wieder aufnehme.

An gewissen Tagen ist es im Hause unangenehm still. Für jedes Geräusch wäre Frau N. dankbar, weil es einen Anhaltspunkt ergäbe, was zu befürchten, zu hoffen, zu bereden oder zu tun ist.

Draußen ist es nicht besser. Schon weiß Gott wie lange ist niemand auf dem Straßenstück vor dem Küchenfenster vorüber gegangen, auch die Witterung gibt keine Anhaltspunkte, wie es weitergehen soll.

Ratlos steht die Frau mitten in der Küche.

Was ist unter diesen Umständen zu tun, was heute zu kochen? Die Vorlieben und Launen einzelner Hausleute geben kein brauchbares Fundament für eine Entscheidung ab, denn kocht sie zum Beispiel für ihren Mann ein Rindsgulasch, haben die verwöhnten Gören auf einmal keinen Hunger mehr, wie umgekehrt die Salate, die sie sich wünschen, dem Mann nur von ihrer Beziehungslosigkeit und mangelnden Einfühlung zeugen.

Wie gut hatte es seinerzeit ihre Mutter. Da gab es donnerstags Knödel, freitags Polenta. Weil das schon immer so war.

Auf welche gleich unanfechtbare Instanzen aber, so fragt sie sich, kann eine Hausfrau unserer Tage sich berufen?

Doch, es gibt eine, eine überparteiliche sogar: den Mondkalender. Irgendwo zwischen den Zeitungen der letzten Tage muss er liegen. Mit speichelbefeuchtetem Zeigefinger blättert sie darin. Was rät er ihr für heute? Der Zeitpunkt sei ideal zum Backen. Backen? Auf das wäre sie von sich aus nicht gekommen. Gut so. Also gibt es die schon lange aufgeschobenen Buchteln, wie üblich mit Vanillesoße. Die werden an Backtagen besonders flaumig, garantiert der Kalender, die gehen ihr, ohne dass sie nachdenken muss, von der Hand.

Dieser Vormittag ist somit gerettet.

Natürlich werden die aus der Schule heim kommenden Gören wieder die Gesichter verziehen. Sollen sie nur; die müssen auch einmal lernen zu essen, was auf den Tisch kommt. Und den galaktischen Konstellationen gegenüber sollten sie ruhig spüren, wer am längeren Arm ist.

Wenn in der Zeit nach der Jahreswende die an sich kurzen Tage sich dehnen und man am Fischgeruch, der durchs Haus zieht, den einzigen zeitlichen Anhaltspunkt hat, nämlich den, dass Freitag ist, wenn sodann die Sache mit dem Mittagessen über die Bühne gegangen ist, wird man in ordnungsliebenden Familien, obwohl auf dem Küchenboden nichts zu sehen ist, die Stühle umgekehrt auf den Tisch klappen und mit dem Besen Holz gegen Holz klumpernd in alle Winkel hinein langen.

Als Mann wird man derweil unauffällig vors Haustor treten und in die Runde schauen. Nichts zu sehen weit und breit. Schade, dass man kein Raucher ist; mit einer Zigarette in der Hand ergäbe das eine durchaus in die Gegend passendes Bild.

Man verzieht sich wieder ins Haus, ins Wohnzimmer, aus dem einem die gepresste Stimme des Fernsehreporters entgegen dröhnt: Die obligate Freitags- Abfahrt ist im Gange. Gerade hat einer der Unsrigen sich aus dem Starthaus gestoßen. Aller Augen folgen ihm: Von vereisten Rippen durchgerüttelt und schier aus den Kurven geschleudert, stürzt er zu Tal; die Blicke springen zwischen der geduckten Figur und der angezeigten Zwischenzeit hin und her.

Oh Gott, jetzt ist es passiert: Es hat ihn verrissen, den runden Rücken voraus, schleudert es ihn durch die Luft, einer der Schier torkelt seinem sich in der Luft drehenden Körper nach, hinab, durchs erste Netz durch, auch das zweite bauscht sich.

Endlich, etwas bewegt sich, rappelt sich auf und versucht zu gehen. Oje! Er hinkt, er greift sich an den Unterschenkel. Schlimm, schlimm!

Aber immer noch besser als die Leere, die vor der Übertragung im Hause herrschte.

Wir haben gefeiert, einen dieser runden Geburtstage, den das Zehnersystem angeliefert hat und auf den wir auf bewährte Weise reagiert haben: mit Blumen und hübsch verpackten Geschenken, die wir zu den schon vorhandenen auf den Tisch gelegt haben, worauf wir uns an die herbstlich dekorierten Tafel gesetzt und zwischen drei zur Wahl stehenden Menüs gewählt haben; später haben wir bei diversen Darbietungen und Ansprachen gebührlich geklatscht. Kurzum: Dank gemeinsamen Bemühens ist die Feier in etwa so abgelaufen, wie sie geplant war.

Als im Zuge der allgemeinen Verabschiedung auch ich mich zur Garderobe begebe, höre ich jemand sagen, schön sei es gewesen. Von den Mageninhalten her wie auch dem, was durch Ohr und Auge in mich eingedrungen war denn doch etwas durcheinander gebracht, bin ich mir zu diesem Zeitpunkt durchaus nicht sicher, ob der Befund *schön* mehr als eine wohlmeinende, noch zur Feier gehörige Bemerkung war. Unterwegs zum Auto höre ich aber noch zweimal, dass es schön gewesen sei, ja, sehr schön.

Planmäßig abgelaufen ja, aber nicht mehr, würde ich sagen, sage aber nichts. In den Telefonaten am nächsten Tag ist die Begeisterung dann ins Unermessliche angewachsen: Wirklich sehr, sehr schön, toll, phantastisch et cetera sei es gewesen.

Geburtstage sind kritische Zeitpunkte. Indem man sie möglichst aufwändig begeht, wird darauf hingewiesen, dass das Geburtstagskind entgegen seinen zeitweiligen Befürchtungen sehr wohl vorhanden ist. Was immer an gewöhnlichen Tagen mit ihm geschieht, wie sehr der Betroffene sich in den restlichen 364 Tagen in den Teig der Zwangsläufigkeiten eingeknetet und verloren fühlt, die Geburtstagsgäste zeigen sich darin einig, dass der Betroffene tatsächlich geboren wurde und noch nicht verstorben ist. Mach ruhig so weiter, geben sie ihm unter aufmunterndem Getätschel, Umarmungen und Küssen zu verstehen, dann kann auch die Zeit zwischen den Geburtstagen als ein Leben verstanden werden.

N.s Hosen, Jacken und Mäntel besitzen viele große und kleine Taschen, einige mit Reißverschlüssen, einige mit Knöpfen verschließbar, einige offen. Das hat zur Folge, dass N., sowie er den Haustorschlüssel nicht mehr in der Tasche über seinem rechten Oberschenkel spürt, nicht in Angst verfällt, dass er ihn verloren oder irgendwo verlegt haben könnte; nein, dank der vielen Taschen geschieht dies nur in Form einer vorübergehenden Befürchtung. Ein anderer, der vielleicht eine Hose mit nur zwei Taschen trägt, ja, der wäre bald nach dem Abtappen derselben mit seiner Hoffnung am Ende und würde in Aussichtslosigkeit verfallen. N. hingegen gerät auch nach dem Absuchen der zwei Haupttaschen nicht in Panik, denn , da der Schlüssel nicht verdunstet sein kann, muss er in einer der noch nicht durchsuchten Taschen stecken, und derer sind glücklicher Weise doch so viele, dass er nie gänzlich der Hoffnungslosigkeit anheimfallen wird.

Immer mehr Landbewohner zieht es aus den Dörfern mit ihren ausgeleierten Jahresverläufen in die Stadt mit ihren Annehmlichkeiten und Kulturangeboten. Unser nach kultureller Nahrung hungernder Neuankömmling N. weiß in der verwirrend großen Stadt gar nicht, wo er mit seinem Bildungseifer ansetzen soll. Er denkt zuerst ans Stadttheater, insbesondere wenn zeitlos Gültiges geboten wird. Allerdings ist zu befürchten, dass die

Klassiker zu hoch über seinem nach wie vor ländlich geprägten Kopf ihre ums ewig Gültige kreisenden Weisheiten entfalten, wodurch er einmal öfter darauf gestoßen würde, dass er besser zu Scheunen und Krautäckern passte als in den Plüsch eines gutbürgerlichen Parketts. Wenn überhaupt irgendwo von ihm und seinen Angelegenheiten die Rede sein sollte, so am ehesten in einem der Kellertheater. Vor einer Litfassäule stehend, überfliegt er die Programme der kommenden Saison. Kaum etwas, was ihn, bildlich ausgedrückt, hinter dem Ofen hervorlocken könnte. Bleibt immer noch eine ganze Zeitungsseite voll Kinos und Ausstellungen, Vorträgen und Konzerten. Zu viele leider, als dass er sich zu einem Entschluss durchringen könnte. Weshalb er es beim guten Willen und dem wohltuenden Gefühl, von Kultur umgeben zu sein, bewenden lässt und zu überlegen beginnt, was er abends kochen sollte.

Eine vor Gesundheit strotzende Halbglatze voran, bückt sich Versicherungsdirektor N. aus dem Auto, schaut um sich und dann aufwärts in die tadellose Witterung. Als Nächstes nimmt er seine Jacke vom Beifahrersitz, um sie sich überzuziehen. Wer ihre Farbe und Machart eingehend betrachtet, liest darin, dass sie eine wohlüberlegte Bezugnahme auf die in den Wetternachrichten angekündigte Eintrübung mit stellenweisen Niederschlägen darstellt. Dass der Mann unter sicherlich mehreren in Frage kommenden Kleidungsstücken dieses ungefähr baige, nicht zu sommerliche Kleidungsstück als die richtige Reaktion auf die meteorologischen wie auch gesellschaftlichen Verhältnisse ausgesucht hat, lässt auf ein dynamisches und zugleich auf Sicherheit bedachtes Mitglied der Gesellschaft schließen. Denn die von mehreren klugen Überlegungen zeugende Jacke wappnet ihn nicht nur gegen die feuchten, gewöhnlich noch vor Mittag sich auflösenden Nebel, sondern auch gegen die frühherbstlichen Talwinde, die gegen Abend aufkommen, wenn er vom Parkplatz einige hundert Meter zu seinem Domizil zurück kehrt.

In der Jacke nicht außer Acht gelassen ist auch der Umstand, dass ihm von Seiten einzelner Kunden Misstrauen entgegen gebracht werden könnte. Dem Verdacht, ein nicht solider Charakter zu sein oder gar dunkle Geschäfte zu betreiben, hat bereits der Designer dadurch den Wind aus den Segeln genommen , dass er sie in Farbe, Schnitt und Zubehör genau in die Mitte zwischen alle Extreme hinein konzipiert hat.

Solchermaßen unangreifbar gemacht, schreitet Versicherungsdirektor N. in morgendlich aufgeräumter Stimmung seinem Büro zu.

Rasenmäher: Gebetsmaschinchen! Eintönig wie Mönche bei der Vesper leiern sie das ihnen immanente Bekenntnis zu drei Zentimeter Grashöhe in den Abend hinein, kein Schwanken darin, kein Nachgeben in ihrem Geknatter. Von mehreren Seiten her laut werdend, bestärken sie einander, ein Chor von Gleichgesinnten, unbeugsam und beharrlich der alte Benziner jenseits der Hecke, ein Vorbeter quasi, in höherer Tonlage zwei andere drüben am Gegenhang; und horch nur, jetzt sind es ihrer vier! Zwischen sie hinein mischt, ebenfalls mechanisch betrieben, das Aveglöckchen vom Kirchturm her kleinlaut sein Gebimmel. Gemeinsam erneuern sie das allgemeine Glaubensbekenntnis, das unter anderem besagt, dass nieder zu stutzen sei, was über eine gewisse Höhe hinaus will.

Wie erhebend, wie feierlich hinströmend und Gefühlsschauer auslösend doch zur Zeit meiner Kindheit die Hayden-Messe, die Marien- und Herz-Jesu-Lieder und das *Großer Gott, wir loben dich* durch das Kirchenschiff brausten! Selbst den abgestumpften, zu bloßen Arbeitstieren Geschrumpften wurde es in den Körpern ganz anders und rieselte seltsam über die Rücken hin, Anwandlungen, die am berauschendsten anlässlich der feierlichen Festgottesdienste das Kirchenvolk ergriff und die Unterschiede, die an Werktagen das dörfliche Geschehen bestimmten, für eine Stunde aufhoben.

So lange der einzelne vom gewaltigen Brausen der Orgel unterstützt und mitgerissen sich mit seiner Stimme in das übergreifende Ganze einfügen durfte, vergaß er, wie es außerhalb der Kirche um ihn bestellt war. Befreit, beschwingt und mit neuer Zuversicht erfüllt fühlte er sich selbst nachdem er das hohe Gotteshauses verlassen hatte.

Der von Rom aus gelenkte Klerus freilich hegte solcher Enthemmung gegenüber Vorbehalte, denn was da an kreatürlicher Belebung aufkam, welche unbekannten Regungen im Rausch der Gefühle sich der Gläubigen bemächtigte, das entzog sich der obrigkeitlichen Kontrolle.

Also wurden nach dem 2.Vatikanischen Konzil die berauschenden volkstümlichen Liedtexte ersetzt durch von Theologen verfertigte Elaborate; an die Stelle der schwelgenden Melodien wurde dem Fußvolk ein von Emotionen gereinigtes, diszipliniertes Aufab der Stimme verordnet; freudlos wie in der von Leidens- und Todesgedanken geprägten Karwoche ging es und geht es heute noch durch das Kirchenjahr. Die greisen Purpurträger in Rom haben sich verwirklicht. Über einen zentralistischen Apparat hin wird ihre Freudlosigkeit und Buchstabentreue bis in die entlegensten Dorfkirchen hinaus spürbar.

Wir sind eine katholische Gegend. Die wenigen Evangelischen erkennt man hier nicht so sehr an ihren Riten, sondern an ihrem Gang. Ungeachtet der wechselnden Witterungsverhältnisse gehen sie weite Runden um die Dörfer, gehen mit rüstig ausgreifenden Schritten wie soeben die zwei ältlichen Schwestern, die mit ihren Übergangsmänteln so gut auf die quer durchs Feld führenden, in der Mitte sich aufbuckelnden Schotterwege passen. Die Lippen schmal vor Entschlossenheit, verlassen sie im Dunkelwerden das stets sauber und ordentlich gehaltene Haus und gehen auf eine Art, dass wir Katholiken daraus nicht recht klug werden.

Wenn ungewöhnlich früh am Tag einer draußen am Küchenfenster vorbei huscht, mit auffälliger Vorlage an den unteren Scheiben sich vorbei schiebt, ein Schatten fast nur, offensichtlich beseelt vom Wunsche, nicht gesehen und in seinen Absichten durchschaut zu werden: Mögen den beim Frühstück Sitzenden drinnen auch die Tassen in der Luft stehen bleiben, der Heimlichtuer wird bald seiner Geheimnisse beraubt sein. Nach zwei, drei logischen Schlüssen liegt seine Absicht klar auf dem Tisch: wie ein zur Strecke gebrachtes Wild, das man nun fachmännisch ausweidet.

Mitten am Vormittag - die sich durch die Ortschaft krümmende Straße ist leer – schlendern, wie wenn nichts wäre, zwei junge Männer , die man nicht kennt, vom östlichen Ortsrand her der Ortsmitte zu. Die Hände in den Hosentaschen, schauen sie einmal über einzelne Hausfronten hinauf, auf eine Art, aus der man nicht klug wird, einmal über eine Hecke in einen Garten hinein, einmal mehrere Schritte lang in eine offen vergessene Garage, so ungeniert, dass nicht zu erraten ist, was sie im Schilde führen. Es könnte sich um Auskundschafter für bevorstehende Einbrüche handeln - oder um Schwule.

Normal sind die jedenfalls nicht.

Schwer anzusehen auf die Dauer dieser nur so vor seinem Haus herumkrauternde, gar nicht übel aussehende Junggeselle. Stattliche Schultern, schwarzes Haar, so steht er, ein Frühpensionist, auf eine Spitzschaufel gestützt mitten im Nachmittag und schaut in die Luft. Wie fünfzig sieht der aus, wo jeder normale Mann schon zwanzigjährige Kinder hat. Was aber ist mit dem los? Als ob nichts wäre, schäkert er mit den zwei vorbei joggenden Damen. Neben ihren schnippischen Antworten her können aber auch sie nur immer das Gleiche denken: Warum ist der noch immer allein? Da stimmt doch etwas nicht.

Herrn N. kenne ich von der Vinothek her, in die wir einmal zugleich hinein wollten und er mir als dem augenscheinlich Älteren den Vortritt ließ.

Als wir - diesmal er vor mir - hintereinander das Lokal verließen, hatten wir beide je eine Fünf - Liter- Packung Merlot in der Hand und blinzelten uns verständnisvoll zu. Aha, auch einer, der sich abends das als gesund geltende Achtel genehmigt, was ja durchaus auf zwei oder mehr davon hinaus laufen kann.

Zu Hause beim Hantieren am Auslasshahn ertappe ich mich dabei, dass ich mich frage, ob wohl auch N. mit diesem Verschluss seine Schwierigkeiten hat und nach Instandsetzung der Vorrichtung wie ich eine Kostprobe ins Glas heraus schießen lässt.

Wie dem auch sei: Wann immer wir seither einander von Weitem erblicken, begrüßen wir einander als *alte Bekannte.*

Rundlich und abgeschliffen, wie Bachsteine vom ständig drüber hin waschenden Wasser geworden sind, zeigt sich auch die gepflegte, von einem Viktor- Emanuel-Bart eingefasste Physiognomie des Friseurmeisters. Im Banne seiner Anwesenheit geschieht es nur selten, dass unbedachte oder gar politisch einseitige Meinungen geäußert werden. Die behält ein Mann, der ein Gefühl für das Gehörige hat, hier wohlweislich hinter dem Zaun seiner Zähne. Platzt von Zeit zu Zeit aber doch einer der Besucher des Salons mit etwas heraus, was nicht zu den hohen Spiegeln und edlen Odeurs passt, so glättet es der Maestro mit einem charmant verständnisvollen Lächeln und rundet die Sache auch verbal so weit ab, dass sie sich wieder in die waltende Atmosphäre einfügt.

Herr N. ist im Grunde kein Herr. Obwohl er sich nach Kräften bemüht, beruflich und gesellschaftlich Oberwasser zu bekommen und es zu etwas zu bringen, worauf er stolz sein könnte, bleibt die Anrede *Herr* doch nichts weiter als eine gut gemeinte, nämlich ihm über das Schlimmste hinweg helfende Floskel.

Diesem Tatbestand zufolge ergreift es ihn zutiefst, als auf dem Höhepunkt einer patriotischen Feier der Männerchor das Loblied auf die Heimat anstimmt:... Das ist mein herrlich Heimatland mit seinen stolzen Höhn....

Jetzt, im herrlichen Heimatland wächst er über sich hinaus ins Herrenhafte wie auch der von den Grenzbergen losgelöste Stolz seine vornüber gebeugte Gestalt kerzengerade aufrichtet.

Donnerstags nimmt der Inhaber des Alpenhotels sich persönlich Zeit, seine Gäste ins umliegende Gelände zu führen. Zuerst erklärt er ihnen die auf der anderen Talseite aufragenden Berge. Der markante nasenartige da sei der Roßkopf; der ginge, wenn man den Blick nach Osten wende, bald in den Gartnerkofel über. Die ganze Kette nenne sich die Karnischen Kalkalpen und so weiter...

Aber kann man, so frage ich mich als unbemerkter Zuhörer, indem man die entsprechenden Namen nennt, die riesigen Steinbrocken jemandem in irgendeiner Weise näher bringen oder wie der Ortskundige meint, gar erklären? Kann man Pilze, Bäume und Blütenpflanzen verständlicher machen, indem man ihre Namen nennt? Noch profunder meint der auch botanisch versierte Mann sie zu erklären, indem er - auf dem Gesicht das Lächeln des Wissenden - die lateinischen Bezeichnungen dafür hinzufügt. Immerhin deckt er damit seine faktische Unwissenheit zu, im Fall der lateinischen Bezeichnung mit einer doppelten Decke. Ja, da kann man schon mit Zufriedenheit zur nächsten zu erklärenden Alpenblume weiter gehen und ist am Ende der Führung beruhigt, dass man über die Berge und ihre Flora einigermaßen Bescheid weiß.

Mein Nachbar K.hat mir erlaubt, das in seinem Walde verstreut liegende Brennholz einzusammeln. Habe ich natürlich gern gemacht. Danke, K.!

An Tagen, an denen ich sonst nicht gewusst hätte, wie ich die Zeit verbringen soll, habe ich allerlei verkrüppeltes Geäst und schwere Holztrümmer aus dem mit Farnen verwachsenen Graben zum Fuhrweg hinauf geschleppt, bei manchem Prügel nicht mehr ganz sicher, ob mein Herz da noch mitmacht.(Andernfalls läge ich eben da als einer, der bis zum letzten Atemzug sich für die Seinen abgemüht hat. Wunderschön für einen Nachruf!). Am Wegrand habe ich Sachen ordentlich aufgeschlichtet und sie im Herbst von einem anderen Nachbarn per Traktor zu meiner Holzhütte herunter liefern lassen, wo ich es mit der Kreissäge auf Ofenlänge zurechtgeschnitten und zum Trocknen aufgestapelt habe.

Schönes Holz! Ich kenne jeden Prügel quasi persönlich, den ärgsten Rüppeln habe ich bereits Namen verpasst. Gleich beim ersten Anfeuern spüre ich, dass das kein gewöhnliches Brennmaterial ist, kein Vergleich mit dem gekauften, das irgendwo im Osten maschinell geschlägert und zerkleinert worden ist. Mein von der Schlepperei noch immer schmerzender Rücken jedenfalls genießt das Besondere an dieser Wärme.

Andererseits: Wenn ich kalkuliere, wie viel ich beim Zusammentragen der im Wald verstreuten Holzprügel pro Stunde verdiene, vergeht mir im Nachhinein noch die Lust dazu. Weil ich aber schon einmal zugesagt habe, begebe ich mich, als ich bei meiner Schreiberei wieder einmal nicht vom Fleck komme, gerüstet mit Arbeitshandschuhen und robustem Schuhzeug in den Kahlschlag hinauf. Oben angekommen, setze ich mich auf einen Baumstrunk und sehe mich um. Noch immer will keine Energie in mir aufkommen. Ist es Frühjahrsmüdigkeit oder Altersverdrossenheit? Arbeitslust fühlt sich anders an.

Aber da: Ein knorriger trockener Buchenprügel! Zwischen den Farnwedeln heraus schaut er mir direkt in die Augen. Es wäre doch schade, ihn hier vermodern zu lassen, stachelt er meinen Verwertungsdrang auf; er enthielte sicherlich so viel an Wärme, dass die Wohnstube einen ganzen Wintertag lang warm gehalten werden könnte.

Also die Handschuhe angezogen und angepackt! Dass er sich irgendwo spießt, fordert mich heraus; geradezu aggressiv macht mich seine Verweigerung. Nun einmal herausgefordert, packe ich zu wie in meinen guten

Jahren, reiße und drehe, zerre und schleppe; der nach wie vor verklemmte Astkrüppel treibt mir den Schweiß aus allen Poren, salzig trieft es von der Stirn herab in die Augen. Ich muss mein letztes Kräftchen aufbieten, um das störrische Gestänge aus dem Unterholz heraus zu drehen. Erst als das Herz verdächtig heftig gegen das Schlüsselbein herauf hämmert, lasse ich es vorerst.

Mit den Händen auf den schmerzenden Rücken langend richte ich mich auf, vor mir ein hoher Haufen an zusammengetragenen Wintervorräten. Ich hätte nicht gedacht, dass noch so viel Energie in mir steckt, hätte nicht vermutet, dass „ich" mit so viel Angriffslust an eine Arbeit gehe.

Kollege N. hat es wie mehrere meiner Lehrerkollegen auch mit dem Holz.(Über mögliche Zusammenhänge zwischen Holz und Altlehrer Vermutungen anzustellen, würde hier zu weit führen). Diesmal geht es um schwere Buchenbrocken, die wir gemeinsam abladen und in der Holzhütte verstauen. Seine zarte Frau lässt es sich nicht nehmen, zugleich mit uns anzupacken wie eben jetzt bei einem besonders ungefügen Exemplar.

Im Moment des größten Krafteinsatzes dreht es mein Gesicht gegen das Ihre. Darauf war ich nicht gefasst: Der Schmerz der Anstrengung hat auf dem ihren alles Hübsche verscheucht, nichts mehr da von ihrer Lieblichkeit, vor Anstrengung hässlich gekrampft ist der aufgerissene Mund, bis in eine Zahnlücke sehe ich hinein, die hervortretende Kiefermuskulatur lässt brutal männliche Züge zum Vorschein kommen, ein Zucken wie von zertretenen Schlangen, von der Mundpartie spannt es mehrere Sehnen hinab gegen den Hals, wo aus der Glätte der fraulichen Haut jene Stränge hervortreten, die Frauen alt erscheinen lassen.

Gott sei Dank haben wir den Brocken bald, wo er hin gehört und die Frau lächelt wieder in ihrer hübschen Art.

Ende April 2017 habe ich wieder einmal einen Fernseh-Beitrag über das Tal meiner Herkunft über mich ergehen lassen. Wie bereits bei früheren Aufnahmen versuchte jeder der drei, vier Einheimischen, die sich der Kamera gestellt hatten, das Tal samt den darin herrschenden Zuständen in Bausch und Bogen zu loben und seinen persönliche Stolz darauf zu bekunden.

Nur einer meiner ehemaligen Mitschüler aus der Volksschule, den seinerzeit eine Rechtschreibschwäche an einer weiteren schulischen Laufbahn gehindert hatte, zeigte sich nachdenklich und bedauerte, dass er erst jetzt, in der Rente, sein Interesse an Literatur und eine Begabung für Bildhauerei und Fotografie entdeckt habe; seine besten Jahre habe er in Arbeitsverhältnissen verbracht, für die derlei Neigungen nur hinderlich gewesen wären.

Während im weiter laufenden Film gezeigt wurde, wie munter zwischen Felsklötzen hindurch das klare Wasser der Gail dahin sprudelt, wie malerisch ein Dörfchen nach dem anderen sich an den Fuß der Gebirge schmiegt und in einer Bauernküche Brot gebacken wurde, hätte ich am liebsten geschrieen: *Decke*! Nichts als Decke! Nicht nur dumpfes Vegetieren von bewusstlosen Existenzen bebte unter dieser Oberfläche, auch unzählige zum Scheitern verurteilte Jugendträume lagen erstickt zwischen aussichtslosem Begehren, durch Sachzwänge ad absurdum geführter Schwärmerei und Unterdrückung eigener Regungen zugunsten des Altbewährten. Erst nachdem all das nicht Brauchbare abgetan war, wurde einer hier als reif und erwachsen anerkannt.

Ich zum Beispiel habe lange nicht verstanden, warum ich noch nach zwanzig, als meine Altersgenossen bereits feste Plätze im sogenannten Dorfleben einnahmen, lieber mit den Nachbarskindern Ball gespielt habe, als mich zu den zu Besuch gekommenen Verwandten zu setzen und vernünftig mit ihnen zu reden. Inzwischen weiß ich: Es war meine eigensinnige Natur, die sich dagegen sträubte, mich auf die Denk- und Redeweisen der Erwachsenen einzulassen.

Dabei steckte ich bereits bis zum Hals in ihnen drin. Verwehrt war mir zum Beispiel der Zugang zur Musik. Obwohl es unten im Dorf für gewisse Anlässe Blasmusik und Kirchenchor gab, auf den Bergbauernhöfen galt alles Musische als Zeitvergeudung. Einzig am Heiligen Abend stimmte Mutter, nachdem sie die Kerzen auf dem Christbaum angezündet hatte, die von der Kirche her bekannte Weihnachtslieder an. Uns unserer klanglosen und unsicheren Stimmen schämend, versuchten wir Kinder einzustimmen. Auch Vater musste über seinen Schatten springen und mitbrummen, obwohl zu einem Mann wie ihm eher Fluchen und Befehlen passte als das zu nichts nütze Vibrieren der Stimmbänder.

Wie staunten wir also, als er eines Sonntagmorgens im Sommer im weißen Hemd über die Stiege herunter kommend eine Melodie vor sich hin pfiff. Das hätten wir nie und nimmer von ihm erwartet, so wie wir auch unseren Augen kaum trauten, als er, der das ganze Jahr über bei keinerlei unnötigen Bewegungen beobachtet wurde, am Abend des Silvestertags tanzte.

Einzig an diesem letzten Tag des Jahres waren die Zwangsläufigkeiten des Bauernjahres außer Kraft gesetzt: In den sechs Häusern des Weilers wurde nämlich der Kirchtag zu Ehren des Viehpatrons Silvester gefeiert. Nach der Messe im kalten Bergkirchlein wurden die vom Dorf herauf gekommenen Kirchtagsgäste, hauptsächlich Verwandte der einzelnen Bergler-Familien, mit den seit Jahresanfang angesparten Vorräten reichlich bewirtet. Abends spielte in unserer Küche, aus der man Tisch und Sessel hinaus geräumt hatte, einer mit schief aufgesetztem Hütchen auf der Ziehharmonika zum Tanz auf. Nachdem ein paar Junge, steif und mühsam den Takt suchend, in der Enge der Küche ungelenk von einem Fuß auf den anderen getreten waren, packte Vater doch glatt die alte Nachbarin am Arm, zog sie in die Küchenmitte und beide wirbelten so wild im Kreise, dass die Jungen dagegen hölzern aussahen. Übermütige Schreie hallten durchs Haus, immer schneller trieb der Musikant die beiden im Kreis, bis die Augen den Bewegungen der Füße kaum noch zu folgen vermochten. Auf dem Höhepunkt der Stimmung begann der Musikant sogar zum Schneewalzer zu singen; immer mehr von den inzwischen dicht aneinander gedrängten Tänzern versuchten, egal ob falsch oder richtig, in die Melodie einzustimmen.

Ich von mir aus habe nie gesungen, habe nur von den bekannten Kirchenliedern meine unentwickelte Stimme mitnehmen lassen, aber selber nie gehört, wie meine Stimme klingt. Trotzdem ertappte ich mich immer wieder, dass ich, wenn ich mich unbeobachtet fühlte, meine Stimme ausprobierte und mich verschämt daran erfreute, wie das Vibrieren, von den Stimmbändern ausgehend, alle Knochen und Knorpel bis hinauf in die Schädeldecke in ein angenehmes Vibrieren versetzte. Es war immerhin meine Stimme, und ich begann im Geheimen, mich mit ihr anzufreunden. Unter anderen Umständen wäre ich wohl einer von denen geworden, die, wenn sie eins über den Durst getrunken haben, eines der schwermütigen Kärntnerlieder anstimmen und dabei die Augen vor der sie umgebenden Wirklichkeit verschließen.

Träume, Sehnsucht, Liebe und andere Gefühle kannte ein Erwachsener nur wie von Ferne; er verbot es sich sogar, die entsprechenden Wörter in den Mund zu nehmen; sie passten nicht zu einem gestandenen Mannsbild. Gefühle zu entfalten, mit ihnen zu spielen, sich in traumhafte Kleider zu hüllen, derlei konnten allenfalls Damen in der Stadt sich erlauben. Die im Tal Gebliebenen mussten ihre Hirngespinste beizeiten den hiesigen Verhältnissen unterordnen, beziehungsweise sie in einen geheimen Winkel retten, wie ich es an meinen älteren Schwestern verfolgen konnte.

Sie, die an Kleidung und Schuhen nur das unbedingt Notwendige besaßen, erhielten, als sie aus der Schule waren, von Vater als Grundausstattung je einen eigenen „Kasten" mit einem Ballen hausgemachter Leinwand und ein paar auf dem herbstlichen Lukas-Markt gekauften, zart gemusterten Stoffen; dazu legten sie die im Werkunterricht der Volksschule gehäkelte Zierdeckchen; in einem Fach in Augenhöhe, einer Art Allerheiligstem, lagen, vermutlich von der Taufpatin geschenkt, ein Halskettchen mit vergoldetem Kreuzchen, vielleicht eine Duftseife mit einem aus der Alltäglichkeit entrückenden Wohlgeruch und andere im starken Kontrast zur ringsum waltenden Wirklichkeit stehende Kostbarkeiten. Stolz zeigten sie die Schätze ihren engsten Freundinnen und nahen Verwandten: Als ob sie damit ihr Innerstes zeigten und damit vergessen machen könnten, wie ihr Leben im Übrigen verlief.-

Als kaum beachteter Bub wurde ich auch Zeuge, wie die Nachbarin, die von einem anderen Gebirgsweiler herüber in unseren geheiratet hatte, einer meiner Schwestern ihren "Kasten" zeigte, ein kleines Märchenreich fürwahr: noch nie gesehene seiden schimmernde Trachten wie auch vornehme moderne Kleidungsstücke, dazu von Lebenslust zeugende Blusen mit Spitzen und verspielten Rüschen, dass einem das Sehen und Hören verging; in den Fächern ordentlichst gestapelte Stoffe für Schürzen, in einem anderen Schulter-, Kopf-, Hand- und Tischtücher für besondere Anlässe, wieder in einem anderen bemaltes, fast durchsichtig feines Porzellan. Bah! sogar Ringe glänzten aus mit dunklem Samt ausgeschlagenen Etuis; die Düfte zu beschreiben, die dazwischen hervor drangen, will ich gar nicht versuchen.

Auf dem sonntäglichen Kirchgang ins Dorf jedoch sah ich die gute Frau trotzdem immer im selben bereits abgeblichenen Sonntagsgewand, wie sie auch werktags niemals aus ihrem dunklen, nach Schweiß und Mist riechenden Klamotten heraus kam .

Die besseren Sachen warteten sozusagen auf entsprechende Anlässe, die in dem entlegenen Gehöft wie auch unten im Dorf sich niemals ergaben. Dadurch dass sie zeitlebens in den Schrank eingeschlossen blieben, führten sie der hoffnungsfrohen Frau und ihren Besuchen jedoch das Denkbare vor Augen, das grundsätzlich Mögliche, beziehungsweise das Unmögliche.

Als glatzköpfiger Bub vom Berg das erste Mal auf dem Kirchtag im Dorf. Zwischen den Schwartlingen des Zauns hindurch bekomme ich Ausschnitte dessen zu sehen, wovon meine älteren Geschwister in den vorangegangenen Tagen so geheimnisvoll geflüstert und gekichert haben: ein heftiges, in sich wogendes Gedränge und Gestoße; dazwischen heraus gellen übermütige Schreie auf, Waden stampfen, weiß Gott warum, auf den Bretterboden, mitzuwirbeln versuchen auch schwerfällig bewegte Hosenrohre, da und dort dralle, über Bauchgurte hängende Wülste. Immerzu gehetzt von rotgesichtigen Musikanten hat sich das solid Behäbige, wie ich es bisher an den Dorfleuten beobachtet habe, in ein ungestümes, sie beinahe lächerlich machendes Gehopse aufgelöst.

Was soll das eigentlich, worauf läuft derlei hinaus, fragt sich mein damals bereits von Zweckdenken geprägter Kopf. Eine Projektionswand ist er, über die zerhackte, verzerrte und aus den alten Zusammenhängen gerissene Wirklichkeitsplitter hin torkeln, die zu verstehen ich eben, wie meine älteren Schwestern sagen, noch zu klein bin.

Weibliche Wesen bekomme ich als Zögling nur in Form von Teller schleppenden Küchengehilfinnen und Böden schrubbenden Nonnen zu sehen; in den Ferien begegnen sie mir als Feldarbeiterinnen in langen verschwitzten Kitteln. Sonntags sind ihre Körper verhüllt durch wadenlange faltenreiche Röcke beziehungsweise Trachten, die die Aufmerksamkeit auf die kostbaren Stickereien der hoch geschlossenen Oberteile lenken sollen.

Ich mag etwa fünfzehn sein, als ich auf der Fahrt ins Internat in der Stadt etwas besorgen muss. Die Bahnhofstraße stadteinwärts gehend reißt es meinen Blick plötzlich zur Seite, in ein Schaufenster hinein: Eine Schaufensterpuppe - mit Büstenhalter! Seine Idealform erfasst die Gewebe der Frau und presst sie genau auf mich zu. Mir schießt das Blut in den Kopf. Ertappt fühle ich mich bei meinen geheimsten, noch nie so exakt formulierten Gedanken.

Auch ich bin beim ersten Schnee meines Lebens gebannt am Fenster gestanden und habe in das Gewimmel der Flocken hinaus gestarrt, wobei es mich weit über die weißlichen Partikel hinaus ins Traumhafte vertragen hat.

Gute sechs Jahrzehnte später stehe ich wieder vor einem Fenster, vor dem gemächlich langsam und schräg her gegen die Scheiben die ersten Flocken des allenthalben lang ersehnten Winters nieder schaukeln; nur sind sie inzwischen Bestandteile des Tourismus geworden.

Einmal nachdem das elterliche Gehöft an das Netz der Elektrizität angeschlossen worden ist - es herrschte großer Respekt vor dem Wunderding - passiert es, dass vor dem Schlafengehen nicht alle Lichter ausgeschaltet worden sind, sondern unachtsamer Weise die Birne vor dem Stall die ganze Nacht hindurch gebrannt hat. Am Morgen fährt Vater die dafür zuständige älteste Schwester an: Kostbare Energie sei da verloren gegangen, ohne Sinn und Zweck, hält er ihr vor, einfach weg! In Geldbeträge umgerechnet, handelte es sich wohl auch damals um keinen großen Verlust, aber so starr sind wir damals dem Sinnlosen gegenüber gestanden, dass sich die Situation bis heute in meinem Gedächtnis erhalten hat.

Jedes mal, wenn ich als verschüchterter Zögling aus dem Internat nach Hause komme, trägt Vater mir am Sonntag vor dem Kirchgang eindringlich auf: *Geh hin zu den Leuten, gib ihnen die Hand und rede mit ihnen.* Obwohl es mir zutiefst widerstrebt, gehorche ich und versuche zu tun, was er mir aufgetragen hat. Über zwei, drei mir selber peinliche Redensarten komme ich allerdings selten hinaus.

Auch später will keine Leutseligkeit in mir aufkommen; mein Gedächtnis behält - ich nehme an, es hat seine Gründe - keine Gesichter, Namen und Verwandtschaftsverhältnisse. Das lässt mich in den Augen der Dorfbewohner als leutscheu, wenn nicht gar stolz erscheinen. Wo die Erwachsenen lachen und sich prächtig unterhalten, habe ich Mühe zu verstehen, was sie so belebt und erfreut. Wenn möglich verdrücke ich mich unauffällig, am liebsten zu den Kindern. Bei ihnen genügt ein zwischen sie hingeschmissener Gummiball oder ein kniehoch gespanntes Heuseil, alles Weitere ergibt sich.

Inzwischen meine ich zu verstehen, was damals in meinen Tiefenschichten vorgegangen sein mag. Die Kräfte der Eigengesetzlichkeit wehrten sich, sich mit dem gleichschalten zu lassen, was den Leuten so leicht von der Zunge ging. Hätte ich, wie von Vater gewünscht, mich leutselig verhalten und frisch drauflos geplaudert, wäre das Gelände meiner Seele inzwischen zu einer Autobahn planiert.

Die erste Zeit meines Lebens ist davon gekennzeichnet, dass ich nicht stark genug bin, um mich den Erwachsenen gegenüber durchzusetzen. Mir bleibt nur die allgemeine Mitmacherei einerseits und der dahinter sich stauende Eigensinn andererseits.

Später als Lehrer lasse ich nur so viel an eigener Überzeugung aus mir heraus, als Aussicht auf Realisierung besteht. In diesen wenigen Fällen mag also etwas von mir in die übergreifenden Vorgänge eingeflossen und darin aufgegangen sein. Der Großteil an Eigenem verraucht jedoch als Spinnerei und Eigenbrötelei, beziehungsweise ich behalte ihn für mich. Vorbehaltlos anvertrauen kann ich mich nur dem unschuldigen Weiß des Papiers. Nein, ganz unschuldig ist es auch nicht. Sowie das ihm Anvertraute nämlich schwarz auf weiß vor mir steht, fühle ich mich wieder missverstanden: durch die Versprachlichung.

Langsam bin ich von allem Anfang an. Auf dem Hof eines Bergbauern gibt es ja kaum Anreize, sich rasch zu bewegen oder umzudenken; alle Anstrengungen sind auf das Bestehen und Bleiben ausgerichtet. Die Hänge sagen: *Krall dich fest!* Wind und Kälte raten: *Bring dich in Sicherheit!* Die über das Tal hin schwappenden agrarpolitischen Entwicklungen fordern: *Lass dich nicht beirren, halte dich ans Altbewährte!*

So wird das Statische zum Grundzug der Existenz, so sehr, dass es eine Sache der Ehre und Selbstachtung ist, dass ein Besitzer unter keinen Umständen einen Zipfel seines Grundes loslässt, ja, es fällt manchem Verteidiger des Ererbten leichter, sein ohnehin ersetzbares Leben zu lassen als ein Stück Grund von mein auf dein umzudenken.

Wie dem auch sei. Mit dreißig, als die Flinken und Wendigen bereits die ersten Sprossen einer Karriereleiter erklommen haben, ist bei mir noch nicht mehr als ein heftiges Wollen da, ohne dass ich sehe, in welche Richtung es sich Bahn brechen könnte. In der Verbalisierung dessen, was in mir vorgeht, erweise ich mich als zu wenig geschmeidig und wendig; mir fehlt es an Beweglichkeit; was ich zu Papier bringe, wird von den Wendigen als zu wenig gewandt abgetan.

Mit sechzig – der Druck meines Wollens hat noch immer nicht nachgelassen – habe ich mir dank berglerischer Zähigkeit und Ausdauer doch einige Fertigkeit im Gebrauch der Sprache angeeignet. Und siehe da: Die Langsamkeit erweist sich nicht länger als Manko, in einer Art Zeitlupe lässt sie mich meine Umgebung so sehen, wie die Flinken und Wendigen sie niemals zu Gesicht bekommen werden.

Jetzt sogar, um die achtzig, lässt das Wollen meinen Körper noch immer nicht in Ruhe. Nachdem ich in den besten Jahren mit primitivem bäuerlichen Sprachwerkzeug die Bodenbretter des Selbstverständlichen durchgeschlagen habe, starre ich , mit den Füßen gerade noch auf ihnen aufruhend, durch die Spalten hinab ins Bodenlose und bräuchte die Energie der besten Jahre, um sprachlich fassen zu können, was ich sehe.

Eine meiner Nichten hat mich gefragt, ob ich ihr nicht einen Leidensmann aus Ton formen könnte, einen, wie er im Wegkreuz unterhalb unserer Gehöfte so elend und verlassen auf einem Stein sitzend über die buckeligen Heuwiesen hinauf schaut. So schwermütig, wie der nun schon seit Generationen geduckt unter dem verwitterten Dachschindeln seines Gehäuses kauere, das ergreife sie bei jedem Vorübergehen.

Gut, ich wills versuchen, zumal die Nichte, wie ich sie kenne, von mir keine Kopie der religiösen Figur erwartet, sondern mit einer Sitzfigur zufrieden sein wird, die vom Wesen her wohl dem dilettantisch töpfernden Onkel ähnlich sehen wird.

Also reiße ich erst einmal entsprechend große Klumpen Ton für Korpus, Kopf, Gliedmaßen und den Stein, auf dem der Leidensmann sitzen soll, vom Tonblock herunter; die Gliedmaßen drücke ich gleich konisch, den Körperstrunk verschmälere ich nach unten hin zur Andeutung einer Taille, knapp darüber mit kräftigem Daumendruck eine Magengrube hinein gedrückt. So. Zuletzt wird der Kopfklumpen zu einem ungefähren Oval zurecht gedrückt, wobei die Asymmetrien und Unregelmäßigkeiten bereits als Folge irgendwelcher Misshandlungen aufgefasst werden können.

Mit einiger Routine spachtle ich die herumliegenden Körperteile zu einer Sitzfigur zusammen. Der Kopf soll auf dem rechten Arm und dieser mit dem Ellbogen auf dem Knie aufruhen, was freilich bei dem weichen Material nicht und nicht so bleiben will. Immer wieder sinkt er aus der ihm zugewiesenen Haltung und verbiegt zugleich den tragenden Unterarm: eine Deformation, die wie Schwermut, Fatalismus und Aufgeben aussieht, will mir scheinen. So dramatisch dieses Zusammensinken auch aussieht: Es geht leider über das Spektrum des Menschlichen hinaus! Ich aber brauche eine im menschlichen Bereich mögliche Leidenssituation, wie sie bei dem Vorbild im Wegkreuz durch die maßvoll gebückte Haltung zum Ausdruck kommt. Deshalb muss ich alle Fingerfertigkeit aufbieten, um die sich ergebenden Deformationen zu einem volkstümlich bekannten, gut verständlichen Ausdruck in der Nähe von Schmerzen und Martyrium hinzubiegen.

Verdammt, im Zuge des Zurechtrückens ist der linke Arm vom ihm zugewiesenen Platz auf dem Oberschenkel zu Seite gesunken und hängt frei weg; überdies sprechen seine Unebenheiten, entstanden durch das provisorische Zurechtkneten, keineswegs von dem, wovon sie sprechen sollen. Aber immerhin: sie sprechen, wenn auch so undiszipliniert durcheinander, dass nichts davon zu verstehen ist.

Zu dumm! Im selben Zuge, in dem ich den schlaff hängenden Arm knicke und auf dem Oberschenkel festspachtle, ist die dazugehörigen Schulter aus der Achse geraten. Macht aber nichts. Ohne es zu wollen ist dadurch ein neuer Ausdruck entstanden, wie überhaupt jedes Verrutschen und Verbiegen eine Vielfalt an neuen, sprachlich nicht fassbaren Äußerungen ergibt.

Oje, da hat sich meine Zerstreutheit wieder einmal gerächt: Eine unkontrollierte Fingerbewegung hat den Kopf samt der daran befestigten Hand verschoben, das Gesicht hat es zur Seite gedreht. Herrlich! Schau nur! So viel Aussage hätte ich von mir aus der Figur nie zu geben vermocht: Eine Existenzverzerrung ist es geworden, unterstützt von verbeulten knotigen Gliedmaßen, aus jeder Abweichung vom Anatomischen, aus Verwindungen und Stauchungen heraus leidet es.

Am Ende muss ich mich aber damit zufrieden geben, dass die Figur einigermaßen einem sitzenden Mann mit aufgestütztem Kopf ähnelt. Ich trete einen Schritt zurück und sehe:Ja, es ist ein Leidensmann geworden: infolge meiner Ungeschicklichkeit.

Ton habe ich immer gemocht, weil er wie übrigens auch das Papier jeden Fehler verzeiht und Verbesserungen, Entschuldigungen sozusagen, erlaubt, wodurch er sich vor allem vom Menschen unterscheidet, bei dem ja ein einziges unbedachtes Wort ein jahrelang aufgebaute Vertrauen zum Einsturz bringen kann. Bei Tonfiguren aber bringen unbeabsichtigt entstandene Verformungen neue Zeichen hervor; man muss sie nur lesen.

Eine Vielfalt davon entsteht zum Beispiel, während man, in dem Fall im Zuge eines Seminars, einen liegenden Männerakt zu formen versucht. Nicht in die Anatomie sich Fügendes wird von den Könnern sofort entdeckt und gegen das Beabsichtigte hin zurecht gedrückt. Sie, die den Ton gänzlich ihrem Willen unterwerfen, betonen immer wieder, dass man zuerst das Handwerkliche und die Anatomie beherrschen müsse, bevor man sich auf das Feld des persönlichen Ausdrucks wagen dürfe.

Einem dieser Perfektionisten habe ich längere Zeit auf die Finger geschaut. Er landete bald bei einer allenthalben bewunderten Glätte und Eleganz der Formen und war damit auch schon am Ende seiner Möglichkeiten, indes mir als Dilettanten sich immer neue Existenzsituationen offenbaren: zufolge des Mangels an Anatomiekenntnissen.

Beim Volleyball mit jüngeren Kollegen bemühe ich mich einmal, trotz nachlassender Beweglichkeit einen Ball, den ein anderer durch einen Hechtsprung vermutlich noch erreicht hätte, mit besonderem Einsatz zu retten. Alle Mitspieler starren auf mein Bemühen: eine über meine körperlichen Voraussetzungen hinaus gehender Einsatz, wie ein Familienerhalter ihn in vielen Lebenslagen eben zu erbringen hat. An der Art, wie wenig dabei auf den Körper Rücksicht genommen wird , ist vielleicht sogar zu ersehen, dass es sich um einen Alleinverdiener handelt, einen allzeit aufopferungsbereiten, einen zeitlebens zu langsamen und schwerfälligen Bauernbuben, der es dank besonderer Nachsicht der Prüfungskommission zum Fachlehrer für Leibesübungen gebracht hat.

Was als Hechtsprung begonnen wurde, ist es am Ende ein lächerlicher Hopser geworden. Scheppernd schlagen Elle und Rippen auf dem Parkett auf; lustig hüpft der Ball neben der ausgestreckten Faust ins Out.

Es geht nicht an, dass einer aus der Gruppe derer, die sich donnerstags auf dem Tennisplatz für ein paar Matches treffen, so mir nichts, dir nichts wegbleibt und auch in der Folge nicht mehr erscheint. Das könnte keiner verstehen, das brächte ein Klima der Unberechenbarkeit in die Gruppe, einen Verlust an gegenseitigem Vertrauen. Wenn der ohnehin in die Jahre gekommene Spieler A. in letzter Zeit schon mehr Rückenschmerzen als Freude am Spiel empfunden hat und es in Hinkunft ganz sein lassen will, so soll er das bitte deutlich bekunden, zum Beispiele indem er eines Donnerstags eine deftige Speckjause mitbringt.

Als sie tatsächlich ausgepackt und auf die Schneidbrettchen verteilt wird, stutzen die vom Platz kommenden Sportkollegen nämlich und beginnen zu verstehen, dass der Spender ja schon bei Jahren ist und bereits des Öfteren über Kreuzschmerzen geklagt hat; kein unguter Typ im Ganzen, selten einmal gestritten, wenn es um nicht eindeutige Bälle gegangen ist.

Abwechselnd Speck und Brot in sich hinein kauend und mit Bier nachschwemmend wird ihnen klar, dass es eigentlich schade ist, dass so einer den Club verlässt. Sie können es mit den Lippen befühlen und in der Mundhöhle arbeiten spüren, dass sie ab diesem Tag leider um einen weniger sein werden, einen, der mit jedem Bissen deutlicher zu einem geschätzten Clubmitglied wird. Ja, ein Abschied ist das, wie sie ihn leider auch auf anderen Gebieten erleben mussten, diesmal Gott sei Dank nur ein Weggehen in Form von Speck, Brot. und Bier.

Ein Schaltjahr ist ein Kaltjahr besagt eine alte Bauernregel. Tatsächlich hat Frau N. den ganzen April über gefroren wie ein Schneider. Ende April wohl einige hellere Tage, aber die Schaltjahrskälte steckt tief in den Hausmauern und weht von den Schneeresten der Berge her ins Tal herab. Zwar behaupten die Meteorologen, dass sich die Temperaturen einigermaßen im langjährigen Durchschnitt hielten, aber den Zahlen wird ein Bauernmensch genau so wenig trauen wie der scheinheiligen Aprilsonne.

Und so steht Frau N. am Vormittag des ersten Mai auf den Stufen vor dem Haustor, hin und her gerissen von der Ungewissheit, ob es tatsächlich noch kalt oder doch schon maienhaft lau sei.

Als der Sohn und Erbe des Hauses erstmals seine Verlobte nach Hause bringt und sie nicht ohne Stolz auf dessen Ausstattung über die Schwelle geleitet, bleibt diese nach wenigen Schritten stehen: Überall Tapeten, Wandbehänge, Teppiche, Decken und Deckchen, alle vollgesogen mit der Denkart ihrer Schwiegermutter, einer offensichtlich sehr bestimmenden Altherrin. Alles Schwiegermutter, penetrante aufdringliche Schwiegermutter! Sogar die Ölbilder, Landschaftsaquarelle, originalen Holzschnitte und gerahmten Weisheitssprüche sind nicht auszuhalten. Das Haus verschwindet förmlich hinter den bisweilen doppelten und dreifachen Abdeckungen, diesen die einfachen Baumaterialien verleugnenden Geschmacksdarlegungen, diesen Denk – und Gefühlsvorschriften, die einen Eintretenden zu keinem eigenen Gedanken kommen lassen!

Nein, sie, die Neue, würde zwischen derlei Bevormundungen ersticken. Sie wird hier nicht einziehen, erklärt sie ihrem Zukünftigen, nicht bevor die Wände und Böden bloßgelegt und gereinigt sind, damit sie, die Neue, das Haus zu ihrem machen kann.

Eine meiner Verwandten wird mit einer Hüftluxation geboren. Auf dem Bauernhof achtet man auf derlei Kleinigkeiten nicht weiter in der Hoffnung, das würde sich schon wieder auswachsen, würde mit der Zeit vergehen, wie ja auch anderes kommt und wieder geht. Die Folge ist, dass N. ihr ganzes Leben hinkt: auf dem sonntäglichen Gang zur Kirche etwas weniger, vor einem herannahenden Schlechtwetter deutlich mehr. Ein Außenstehender bemerkt die kleinen Unregelmäßigkeiten im Gang kaum. Über Schmerzen zu klagen, würde die Sache auch nicht besser machen, im Gegenteil, man würde ihr Wehleidigkeit nachsagen. Das sind nun einmal Privatangelegenheiten, damit hat ein Erwachsener selber fertig zu werden .

Da für eine Hinkende an eine Wegkommen, etwa durch Heirat, nicht zu denken ist, fügt sie sich beizeiten in die Gegebenheiten des elterlichen Hofes mit seinen Plackereien im Steilen und anstrengenden Feldarbeiten auch bei ungesunder Witterung, stellt also ihre persönlichen Wünsche hintan, um an ihrer Stelle die Erfordernisse des Hofes zu setzen. So erscheinen die anfallenden Arbeiten ihr nicht als von anderen aufgebürdet , sondern als Vorgang ihrer Selbstverwirklichung.

Stark hinkend sieht man sie abends vom Feld heimwärts humpeln, mit ihren Kräften zwar am Ende, aber doch mit sich im Reinen.

Hat eine, weil sich weitum nichts Besseres gefunden hat, mit ihrer Partnerwahl Mist gebaut, Mist im Verhältnis zum Wunschbild eines Mannes, wie sie ihn sich als Kind und Mädchen erträumt hatte.

In einer von den Eltern diskret in die Wege geleiteten Partie ist sie aufgewacht. Rings um sie Dreck, Dreck in Form einer sturen Schwiegermutter und einem ständig hustend und frei durchs Haus furzenden Alten, zu dem sie Vater sagen muss.

Der Angetraute ist am dritten Tag nach der Hochzeit wieder auf Montage gefahren. Wo er nächtens liegen und sich ihr zuwenden sollte nur surrende und blutgierig kreisende Gelsen. Den Brautstrauß zum Kompost zu werfen, hat sie sich noch nicht entschließen können, obwohl der von sich aus schon die Blätter hängen lässt.

Tagsüber rennt sie, nicht unähnlich einem Stier mit gesenkten Hörnern, ums Haus und sucht besenschwingend nach den Auslösern ihres Unglücks. Wie elegante Torreros weichen die aufgewirbelten Blätter ihren Luftstreichen aus und lassen sie ins Leere fahren.

Ein Besuchsversuch ist eine heikle Angelegenheit; alle Beteiligten spüren, wie leicht so ein Ausbruch aus der gut eingespielten Tagesordnung missglücken kann. Von mehreren Faktoren abhängig ist bereits die Wahl des günstigsten Zeitpunktes. In unserem Falle wird er im Bemühen, dem zu Frühen wie auch dem zu Späten auszuweichen, auf halb vor acht angesetzt. Sieben könnte ja doch die Gastgeber noch in den letzten Tagesgeschäften stören, acht hingegen ließe bereits an den Wunsch, sich zu Bett zu begeben, denken.

Somit haben alle am Vorhaben Beteiligten, wie immer sie zu einander stehen mögen, einen festen Bezugspunkt. Gelingt es dem besuchenden Ehepaar tatsächlich, zum vereinbarten Zeitpunkt einzutreffen, so weicht die bis dahin steigende Anspannung einer allgemeinen Erleichterung. Den froschig breiten Mund an den Enden nach oben gezogen, holt der Mann hinter dem Gesäß den Strauß für die Gastgeberin hervor, woraufhin diese überrascht und beglückt allerlei dazu passende Artigkeiten absondert. Von da an geht es wie geölt in den Abend hinein.

Das Ehepaar N. ist versiert im Umgang mit anderen Ehepaaren; wie von selber laufen bei den sommerlichen Grillabenden die Gespräche kreuz und quer.

Nur einmal, als eines der eingeladene Ehepaare ohne Mann erscheint, also eine Frau mit einer aufklaffenden Lücke neben sich, bleibt den Gastgebern förmlich die Begrüßung im Hals stecken. *Wo, ja wo ist denn er?* fragen die Augen aller Anwesenden zugleich und beginnen Schlimmes zu befürchten. Weil die Frau jedoch Gründe für das Aufklaffen der Lücke nennen kann und die geziemende Entschuldigung sowie die herzlichsten Grüße des Mannes überbringt, geht der Abend doch wieder wie üblich über die Bühne.

Ohne Zweifel: Salat ist gesund, so gesund dass man jedes freie Fleckchen im Garten und sogar zwischen den Balkonblumen damit bepflanzt und täglich mit lauem Wasser begießt. Auf einmal ist es dann so weit: Alle Gesundheitsförderer zugleich bilden Köpfe, einige schießen sogar zu kleinen Salatbäumen auf. Ähnliches geschieht bei den Nachbarn und denen, die gern etwas von ihrem Überfluss an gartenlose Verwandte abgeben, weshalb in der gesamten Gegend eine allgemeine Salatverstopfung herrscht. Bis zu dreißig Kilometer weit wird kreuz und quer telefoniert, ob nicht jemand die so gesunden Sachen brauchen könnte, um die sonst ja ewig schade wäre. Selbst wenn einer, um die Salatköpfe anzubringen, eine halbe Stunde fahren muss: Obwohl sich das nicht rechnet, gefühlsmäßig zahlt sich das sehr wohl aus.

Den um und um sparsamen und mütterlich sorgenden Frauen ist es ein Bedürfnis, sich und die Ihren so weit wie möglich aus dem eigenen Garten zu ernähren. Da wissen sie auch, was sie haben: meist zwar nur mickrige Karotten und bei weitem nicht so schöne Kohlsprossen wie in der Gemüseabteilung des Supermarkts; dafür genießen die Hausleute darin die liebevolle Pflege durch die Betreuerin, deren löbliche Absichten und selbstlose Bemühungen im Ertrag aufbewahrt und zu einem unvergleichlich nahrhaften Gemüseauflauf verkocht auf dem Tisch steht.

Im selben Sinne lassen manche Frauen auch das Abwaschwasser nicht ungenutzt in den Abfluss weg gurgeln, sondern sammeln es in der Küche, um damit ihre Gartenkinder, insbesondere den immer durstigen Schnittlauch, zu begießen. Darüber hinaus erzählt man sich hinter vorgehaltener Hand von einer Frau, dass sie auch den Urin nicht verloren gehen lässt, sondern ihn im Nachttopf sammelt und mit Wasser verdünnt den Balkonblumen zugute kommen lässt, welche diese Stärkungen mit besonderer Blütenpracht vergelten.

Nicht einfach vergehen und auf Nimmerwiedersehen verstreichen lässt man auch die Zeit. So sehr sie in Augenblicken der Angst zu entschwinden droht, der Kalender lenkt sie in den kreisenden Bewegungen der Wochen und Jahre in sich selbst zurück. Deshalb spürt derjenige, der sich vertrauensvoll von den kleineren und größeren Zirkulationen der Zeit mitnehmen lässt, nichts von ihrem gefürchteten Vergehen.

Umso schlimmer freilich für einen, der zufolge eines jähen Schicksalschlags nicht mehr weiß, welchen Wochentag der Kalender anzeigt. Ihn nimmt die Zeit mit - in ihr Vergehen hinein.

Wer nicht möchte, dass er fotografiert wird, beziehungsweise mit jeder seiner fotografischen Abbildungen unzufrieden ist, der befindet sich auf dem Standpunkt der einstigen Bilderstürmer, die in der Auseinandersetzung für oder gegen die bildliche Darstellung Gottes es bekanntlich abgelehnt haben, den optisch fassbar zu machen, der ihnen heilig war.

Daran muss ich denken, wenn ich höre, dass wieder ein Fernseh- Film über das Tal meiner Herkunft gedreht werden soll, aber keiner der Bewohner darin vorkommen möchte. Waren sie nicht seit jeher unbeholfen beim Versuch, etwas von ihrem Denken und Wollen im Optischen und Akustischen unterzubringen, etwa als Tracht und Brauchtum? Nie haben sie ernstlich versucht, was sie sind, nach außen zu kehren. Böse Zungen behaupten, sie hätten es eben nicht auf den Lippen, sondern hinter den Ohren.

Gesehen oder gar eingefangen hat das sogenannte Wesentliche am Tal ohnehin noch niemand, sonst müssten nicht immer aufs neue Kamerateams anrücken, um es vielleicht doch einfangen zu können. Zu diesem Zweck befragt man verlegenheitshalber einen der Dorfältesten, der dann von früher erzählt oder den Bürgermeister, der natürlich die Gelegenheit ergreifen muss, die besondere Schönheit des Tales zu preisen, alsob er es gewesen wäre, der die Berge aufgetürmt hat und die wohlriechenden Alpenblumen hat wachsen lassen.

Womit er den um Brot Bittenden wieder nur einen Stein hingeworfen hat.

Dem Kamerateam bleibt nichts übrig, als das den Einheimischen schon zum Hals heraushängenden Aufab des Geländes nach bildtauglichen Ausschnitten abzusuchen. Dabei haben sie zu ihrer Überraschung hinter einem Geländerücken den Turm der Dorfkirche emporragen gesehen und prompt ins Bild genommen.

Oje!

Man stelle sich vor: Auf halber Höhe abgeschnitten haben sie ihn, so dass er wie ein Splitter im Sommerhimmel schwebt, ohne Kirche darunter! diese Kirchturmabschneider, diese, diese!..Na, mehr braucht es wahrlich nicht! Kein Wunder, dass nach der Ausstrahlung des Films sich wieder einmal das ganze Tal verunglimpft fühlt.

Im Hause N. scheint mir der treuherzig zwischen den Stirnfransen hervor äugenden Hund Picco der menschlichste der Bewohner zu sein. Was die Zweibeiner als zu mühsam aus sich disloziert haben: Gutmütigkeit, Geduld, Dankbarkeit, Treue, stilles Dulden, Unverstandensein: all das und mehr hat er ihnen abgenommen. Wie er heute hüstelt und trübselig dreinschaut, geht mir jedenfalls näher als der ebenfalls verkühlte Alte, der zwischendurch in den Napf spuckend und irgendwelche Verdrießlichkeiten von sich brummelnd die täglichen acht Tabletten aus den Packungen fingert.

Mittels seiner trübsinnigen, nebelartig sich hinziehenden, nur kurz aussetzenden Nörgeleien übersetzt der alte Hausdespot der Schwiegertochter die draußen herrschenden Novemberzustände in die im Haus gebräuchliche Umgangssprache.

Das Zügenglöcken zerreißt die ländliche Stille; aufgeregt bimmelt es über die Dächer hin. Lange und schrill.

N. sei gestorben, spricht sich herum.

Der in seinem Dachstübchen schon halb vergessene Junggeselle, der sein Lebtag lang nichts zuwege gebracht hat: Pah, heute haut der aber auf die Pauke! Eine Null war er zeitlebens für die Frauen, die Feuerwehr und die Blasmusik, ein Adabei und Mitesser überall dort, wo ein blauer Rauch aufstieg, ein Bierbauch mehr an den wackeligen Theken der Sommerfeste.

Jetzt, wo es mit ihm endgültig vorbei ist, gibt es seinetwegen doch noch einige wichtigtuerische Telefonate, auch einfühlsame, besorgte Gespräche beieinander stehender Frauen und erstarrende Gesichter bei den Altersgenossen, die es ja auch erwischen hätte können.

Jetzt erst, wo es mit ihm vorbei ist, steht er erstmals im Mittelpunkt der Gespräche.

Eigenartig, wie verändert die einzelnen Dorfbewohner aussehen, wenn sie die hängenden Arme vorn übereinander gelegt, einer hinter dem anderen die Leichenhalle betreten und in kleinen Schritten zum Sarg vorrücken, um Weihwasser gegen den Sargdeckel hin zu tröpfeln und hierauf den Angehörigen durch Händedruck Beileid zu bekunden. Im Gedächtnis hat man die meisten, wie sie in ihrem Metier Bescheid wissend anpacken und sich gewandt und sicher bewegen wie Fische im Wasser. Auf den Sarg zu rückend aber sind sie kaum wieder zu erkennen. So plump und unbeholfen stehen sie da.

In der vor Frost zitternden Winterluft über einem offenen Grabe flimmert es. Es sind Vorstellungen von Waldarbeiten, auf technischen Vorteil bedachtes Herumreißen an Holzblöchen, Hände und Hosen von Harz verschmiert, am Freitag Abend die ganze Partie im Gasthaus, nach dem Heimwanken eheliche Auseinandersetzungen, am Sonntag ein sauberer

Anzug über die verfahrene Angelegenheit drüber, am Montag wieder in den Wald....

Es ist Zeit, dass der Trauerredner das Mikrophon ergreift, um die Erinnerungspartikel einzusammeln und zu einem *treu sorgenden Familienvater* zusammenzufügen. Schlimm allerdings, dass der Redner keine korrekt gebauten Sätze zu bilden imstande ist, so dass einzelne Teile des Dahingegangenen getrennt von einander in der Luft weiter schweben.

Zur Zeit meines Heranwachsens hatte jeder Erwachsene in seinem Kleiderschrank eine komplette Trauerkleidung, mit der er sich bei Begräbnissen in die Schar der übrigen dunkel gekleideten Trauernden einfügte; auch wusste er bis in alle Einzelheiten, wie er sich während der Trauerfeierlichkeiten zu verhalten hatte. Gern und dankbar folgte er den tröstlichen Ausführungen des Geistlichen, der feierlich verkündete, der Dahingegangene habe nun Friede erlangt und lebe in einer besseren Welt weiter.

In unseren Tagen mischen sich – unglaublich!- Leute mit hellen Hosen und farbigen Blusen in den ohnehin bescheidenen Kondukt; anstatt die Hände zu falten, lassen die Jungen sie frei hängen: eine Respektlosigkeit dem Verstorbenen gegenüber, der solchen Typen, man hört ihn förmlich im Sarg rumpeln, gern einen Fußtritt versetzen würde. Wenngleich der Geistliche dem Dahingegangenen nach wie vor Friede und ewige Glückseligkeit verspricht, unter solchen Umständen fällt es schwer, an solche Versprechungen zu glauben.

Sogar ein aufgeklärter, naturwissenschaftlich orientierter Zeitgenosse wird zugeben müssen, dass im Falle einer Bergtragödie mit zwei Toten, wie sie dieser Tage das gesamte Hochtal erschüttert, alles, was die exakten Wissenschaften zu bieten haben, das Unheil nicht zu lindern vermögen und es erst gar nicht versuchen.

Deshalb braucht es weiterhin den Mann der Kirche. Trost und Linderung bedeutet es, wenn einer anreist, der es bis in die höheren Ränge des Klerus geschafft hat. Zur allgemeinen Erleichterung tritt er soeben mit breiter Purpurschärpe umgürtet vor die aufklaffende Grube hin, nimmt das purpurrote Käppchen ab, das Kinn senkt sich. Eine Weile steht er bar seines Kopfschutzes da, schutz- und hilflos für einen Moment. Nein, Hilflosigkeit darf hier nicht um sich greifen. Die Rechte löst sich vom Käppchen, um mit der bleichen Hand senkrechte und waagrechte Bewegungen vor seine Leibeswölbung hin zu zeichnen und hierauf drei Salven geweihten Wassers in die Dunkelheit der Grube hinab zu schleudern. Nun setzt er das Käppchen wieder auf und langt nach dem Weihrauchfass, sodann nach dem aufgeschlagenen Buch. Schön, wie die eine der geläufigen Handbewegungen rund in die andere über geht und so über das Schlimmste hinweg führt.

Ich habe in meiner Kindheit noch Reste davon gesehen und erlebt, ja, ich spüre noch viel davon in mir: von der Kraft der Zusammengehörigkeit, in der nicht das geschriebene Gesetz das Tun und Lassen des Einzelnen regelt, sondern ein Netz aus Selbstverständlichkeiten alle Teile verbindet und zwischen ihnen Ausgleich schafft. Gerät ein Einzelner in Not, fließt ihm aus der Umgebung Hilfe zu. Umgekehrt erlebt es mancher vom Geist der Gemeinschaft Ergriffene nicht als Verlust, wenn er etwas von seiner Habe an einen weiter gibt, der Mangel leidet, ja, vom Netz aus betrachtet gewinnt derjenige sogar an Leben., der das seine hingibt, um das eines anderen zu retten. Wo diese Einheit der Teile vorhanden ist, erscheint es auch folgerichtig, dass die Alten, sowie sie den Jungen zur Last fallen, vom Wunsch überkommen werden, im Sinne des Ganzen das Feld zu räumen.

Solches geschieht angeblich bei den grönländischen Eskimos. Sowie Nahrung und Raum knapp werden, verlassen die Alten eines Nachts die Zelte und begeben sich auf die Eisschollen hinaus. Man sollte den Gang aber nicht so sehen, dass es Individuen sind, die solche Entschlüsse fassen, sondern der bereits in die Kinder einsickernde Geist des übergreifenden

Geflechts scheidet das unbrauchbar Gewordene aus.

N. hat als Bub keinerlei Gelegenheit, die in ihm keimenden Talente und Neigungen zu entfalten. Unmittelbar nach dem Pflichtschulabschluss schickt ihn Vater nämlich zu seinem Bruder in dessen Möbeltischlerei, die seine Fähigkeiten und Kräfte in ihrem Sinne verwendet. Von da an besteht er in den Augen der Dorfbewohner nur noch als Zubehör einer ums Überleben kämpfenden Werkstätte, beziehungsweise kleineren und größeren Abweichungen vom Normalverlauf eines Handwerkerlebens.

Eher aus größeren, stellt sich mit der Zeit heraus, denn er versucht sich auf verschiedenen außerberuflichen Gebieten: als Sänger, Jongleur, Schauspieler und Entertainer, alles mit bemerkenswertem Einsatz, aber bescheidenem Erfolg bei den Leuten. Die fassen seine Abweichungen vom Soliden mit einer einzigen Bezeichnung zusammen: *Der Vogel*, sagen sie bloß. *Schau, da steigt er wieder ins Auto, der Vogel. Wo der wohl wieder hinfährt?*

Mit den fünf Buchstaben decken sie zu, was über ihr Fassungsvermögen hinaus geht.

Stopp jetzt, ihr ehrsamen Leute, stopp! Ich muss Einspruch erheben. Vogel stimmt nicht, Vogel wäre zu materiell. Nennt die Angelegenheit lieber einen Fluchtversuch.

Vom Pfarrausflug nach Südtirol hat Frau N. etwas mit nach Hause gebracht, etwas Kostbares offensichtlich, etwas, was sie selber erstrahlen lässt, während sie es behutsam aus der Papiertasche heraus auf den Tisch hebt, etwas fast Gewichtloses, merkt man an der Leichtigkeit, mit der sie es aus der Tasche hebt.

Oh! Babyschühchen, nein, Pätschchen, aus orange gefärbter Wolle gestrickte, federleichte, für die vor Kurzem geborene Enkelin natürlich: für ihre ersten Schrittchen ins Leben hinein. *Traumhaft,* seufzt die zu Besuch weilende Kusine, während sie mit der flachen Hand über den Flaum hin streicht. Mehr Traum als Wolle, muss ich ihr beipflichten und verfolge, wie das Mitbringsel in flaumigen Redensarten aufgeht und in entmaterialisierter Form den gesamten Raum erfüllt.

Bleibt noch die schöne Aufgabe, es an die erst wenige Monate alte Enkelin in der Stadt weiter zu leiten. Bei dieser Gewicht- und Masselosigkeit würde es nicht verwundern, wenn man es telefonisch weiter transportieren könnte. Das wird denn auch getan, wobei das Geschenk am anderen Ende der Leitung bereits volles Entzücken auslöst, so hinreißend ist es beschrieben worden. Nur ein winziger stofflicher Rest, der sich nicht durchs Kabel blasen lässt, bleibt auf dem Tisch zurück.

N. ist von Geburt an eine Schönheit. Niemand kann ihr eine Bitte abschlagen, kein Lehrer bringt die Härte auf, ihre Leistungen kühl objektiv zu beurteilen, so dass es auch, um in Beruf und Partnerwahl das Gewünschte zu erreichen, nicht viel mehr braucht, als ihre Aussehen zur Geltung zu bringen. Wenn sie lacht, entspringt das nicht einer entsprechenden Stimmung, das Lachen dient in erster Linie der Steigerung ihrer Schönheit und falls sie einmal in Tränen ausbricht, erschüttert das die Umstehenden tiefer als im Falle unscheinbarer Personen.

Mit den Jahren freilich leiert sich das Ganze zu etwas Gewöhnlichem, ja Nichtssagendem aus und das Gurren, das einmal so unwiderstehlich gewirkt hat, wird zu einer Geräuschsequenz, die zur selben abgestandenen Atmosphäre eines Versicherungs-Büros gehört wie das krächzende Knarren des alten Kopierers und das asthmatische Fauchen der Kaffeemaschine.

In den Vordergrund tritt nun unübersehbar die Bemühung, die bewährten Kontraktionen der Gesichtsmuskulatur weiterhin zu ihren Gunsten einzusetzen, das heißt: Auch wenn sie oft lieber weinen würde, lässt sie bei jeder sich bietenden Gelegenheit ihre bewährte Mimik spielen und unterstreicht die manchmal noch aufblitzende Schönheit durch entsprechende Robe und Kosmetik so eindringlich, dass jeder Gesprächspartner sie weiterhin als nichts anderes denn als Schönheit behandeln wird, wenngleich ihr von Pflegemaßnahmen strapaziertes Gesicht, wie gesagt, längst zu einer traurigen Grimasse des Schön – sein - Wollens erstarrt ist.

N. hat geheiratet. In der kostbaren Tracht des Tales, und zwar im Gnadenort Maria Zell. Der Prior des Ordens selbst, ein von Gott ergriffener Ordensmann, wurde dafür gewonnen, die Trauung vorzunehmen. Für das fotografische Festhalten der wichtigsten Szenen sorgte mit seinem viel gerühmten Gespür für schöne Motive ein naher Verwandter.

Der Bräutigam, ein unscheinbares Männchen mit Wohlstandswänstlein, gab sich alle Mühe, nicht zu sehr vom übrigen Niveau abzufallen. Bei den Gruppenfotos legte die Braut ihm den Arm um den feisten Nacken oder schmiegte ihre gepuderte Wange an seine pausbackige. Der Blick verriet dabei, dass er ihr durchaus etwas bedeutete, nämlich dass sie endlich unter der Haube und somit abgesichert und allgemein respektiert war.

Es stand also alles zum Besten.

Über die Bühne gegangen ist die aufwändige Inszenierung am 1. Mai 2000, ein einprägsames Datum, das man noch später bei nachlassendem Gedächtnis nicht vergessen würde. In der Folge schickte Frau N. zu jedem Jahrestag der Hochzeit einen für ihre Verhältnisse größeren Betrag für die Erhaltung der Basilika von Maria Zell an deren Prior, wofür dieser sich mit wohlgesetzten Worten bedankte und für beide Eheleute Glück und reichlichen Lohn sowohl auf Erden wie auch in einem anderen, von Erdenschwere befreiten Leben zu erflehen versprach.

Das diesseitige ließ trotz aller Gebete und Segnungen denn doch zu wünschen übrig. Bald nach der Hochzeit löste sich der Mann, wie sie ihn bis dahin gekannt hatte, Stück für Stück auf: in eine desillusionierende Alltagsatmosphäre einerseits und unansehnliche körperliche Rückstände andererseits. Nichts mehr da von all dem, was ihn einmal ausgemacht hatte: keine Aufmerksamkeiten, geschweige denn Geschenke oder gemeinsame Reisen. Eine Witwe war sie, immerhin aber abgesichert und falls es im Haus Männerarbeit gab, wurde sie erledigt.

Der erste Mai 2015 rückt näher, Zeit, sich des großen Tages zu erinnern. Bereits Wochen vorher probiert Frau N. die Tracht an, in der sie seinerzeit vor den Traualtar getreten war. Und wie vermutet: Es fehlt gar nicht viel. Ein paar kleine Änderungen, ein Besuch beim Friseur und sie ist bereit: zur Wallfahrt mit den katholischen Frauen der Pfarre. Wohin wohl? Nach Maria Zell natürlich, allwo, wie telefonisch bestellt, der dortige Prior einen Dankgottesdienst zelebrierten wird. Fehlt nur der Gatte, wie die Frauen bemerken, es aber für klüger halten, nicht auszusprechen. Inzwischen ist ohnehin ein anderer an seine Stelle getreten: der Allgütige und alles Verstehende, dem nunmehr all ihr Vertrauen gilt.

Der ihr rechtmäßig Zugeordnete schaut ihr mit gemischten Gefühlen nach, wie sie am Morgen des 1. Mai in den Reisebus steigt: eine immer noch freudig erregte Braut, die ihrem wahren Bräutigam entgegen eilt.

Während sie, mit der Rechten behutsam den Saum des Trachtenrocks anhebend, die zwei Stufen zu den bereits wartenden Frauen empor steigt, wirft sie noch einen kurzen Blick zu ihm zurück, dann schließt sich die Bustüre hinter ihr. Ihm Dieselruß zurückstoßend setzte sich das Gefährt in Bewegung und zeigte ihm im Kleinerwerden nur noch sein breites Hinterteil.

Er aber steht noch ein Weile am Straßenrand: als schmutziger Rückstand.

Damit keine Missverständnisse entstehen, schickt N., ein in punkte Körperausstattung entschieden zu kurz gekommener aber durch Selbstzucht und Sittenstrenge sich auszeichnendes Familienoberhaupt voraus: Ich, langjähriger Pfarrkirchenrat und Vater zweier Kinder, bin verheiratet und bemühe mich um eine vorbildlich christliche Lebensführung, wozu als sichtbares Zeichen vor allem der sonntägliche Kirchgang an der Seite meiner Gattin gehört.

Seit letztem Sonntag freilich wird meine geistige Sammlung erheblich gestört: Jenseits des Mittelganges mir schräg gegenüber kniet inmitten der abgearbeiteten Einheimischen in züchtigem Kostüm die neu Zugezogene: die Frau des Bankprokuristen, der sich am Dorfrand einen Bungalow errichten hat lassen: ein Schmuckkästchen von einer Frau, entschieden zu zart und wohlgeformt für den bleichen Prokuristen, einen gottlosen, die Kirche meidenden Mamonsknecht.

Und wie natürlich bei aller vornehmen Eleganz sie sich nach der Messe mit den anderen Frauen unterhält! Auch mir hat sie die feenhafte Hand gegeben, wobei ich in meiner Verdatterung gar nicht wusste, was ich sagen sollte. Alles, was mir auf der Zunge gelegen war, wäre unpassend gewesen. Nur gut, dass meine Frau immer auf rasches Heimgehen drängt.

Heute, nachdem ich als Organisator des Pfarrausfluges ihr nach dem Gottesdienst vom bevorstehenden Pfarrausflug berichten durfte und dabei merklich durcheinander war, weil ihre schön gewölbten Formen durch die Bluse durchschimmerten, muss ich noch abends im Bett liegend an sie denken. Wie es wohl wäre, wenn sie mit ihren von der Bluse befreiten Formen, die ich mir nicht länger als einige Augenblicke vorzustellen erlaube, ja, was ich ihr sagen würde, wenn sie tatsächlich neben mir läge? Natürlich würde ich sie nicht anrühren, würde ihr statt dessen mit bewegten Worten vom letzten Pfarrausflug erzählen.

Auf jeden Fall werde ich ihr morgen die Einladung zum heurigen Pfarrausflug durch den Briefschlitz hinein stecken.

Schlehenfeuer hatte N., ein Straßenarbeiter und Nebenerwerbsbauer, nur ein einziges Mal in seinem Leben angeboten bekommen, nämlich nachdem er Herrn M.s Hang, der sich rund um seinen gepflegten Alterssitz erstreckt, händisch abgemäht hatte. Ein noch nie zuvor erlebter Taumel erfasst ihn, eine Verzückung in Gaumen, Magengrube und bald auch im Oberstübchen. Mit seinen traumhaften Nuancen und feurigen Komponenten hat das Getränk sich als das Wunderbarste und Außergewöhnlichste eingebrannt, was seinen an Bier und Obstler gewöhnten Papillen je gegönnt worden war: ein hinreißendes Orgien - Theater auf der Bauernbühne seines Gaumens.

Als N. auf Bitten von Herrn M. ein weiteres Mal die Grünfläche rings um sein Häuschen abgesenst und das Heu zu sich nach Hause gebracht hat, rückt Herr M.- unglaublich - in einem Anfall überschwänglicher Dankbarkeit - gar mir einer ganzen Flasche davon heraus. Beiden Männern ist sehr wohl bewusst, was für Kostbarkeit da den Besitzer wechselt.

N.s Frau, die die feierlichen Übergabe in einigem Abstand verfolgt, ist sofort bewusst, dass ihr Mann um und um nicht dem Niveau dieses Edeltropfens entspricht. Wortlos nimmt sie ihm die Kostbarkeit aus der Hand, um sie an einem geheimen Ort zu verwahren.

Für einen besonderen Anlass.

Ein solcher ergibt sich denn auch bald, nämlich auf einer Alm, wo ihr Lieblingskusin als Hirte die Sommermonate verbringt. Dieser edle Tropfen befreit sie von langwierigen Überlegungen, was sie dem Junggesellen wohl mitbringen könnte, um ihm seine Bergeinsamkeit erträglicher zu machen; etwas Derartiges hatte der sicher noch nie in die Kehle bekommen. Bei einem abendlichen Gläschen in der Almhütte würde der ein, zwei Stamperln davon zu schätzen wissen und seiner Kusine entsprechend dankbar sein.

De facto bleibt es in der Almhütte aber nicht bei den beabsichtigten zwei gepflegten Gläschen. Gleich nach dem ersten nimmt der in alkoholischer Hinsicht völlig ausgetrocknete Hirte der Spenderin kurzerhand die Flasche aus der Hand und gurgelt unter herrlichen Gelächter und Bekundungen seine Wohlbefindens den gesamten Inhalt innerhalb weniger Minuten in sich hinein, woraufhin er zufrieden grunzend hinter den Tisch sinkt, auf dem Gesicht einen Ausdruck unbeschreiblicher Seligkeit.

Der daheim gebliebene Mann, dem die Gattin von dem Abend erzählt, gönnt dem Hirten den Trunk von Herzen, ja er genießt ihn selber so gut wie möglich mit. Ihn so ekstatisch auszukosten wie es dem Hirten vergönnt war, dazu hätte er ohnehin nicht den passenden Rahmen gefunden.

So oft Tante N. zuerst ihren Kopf zur Türe herein schiebt und nach kurzer Umschau im Raum auch ihre Leibesfülle, verkriecht sich die vierjährige Tochter des Hauses unter dem Tisch. Von dort heraus verfolgt sie, wie die rot umrandete Sprechöffnung sich verbiegt, sich wellend verspannt, auf der einen Seite etwas heftiger als auf der anderen, auf der Oberlippe zwischendurch Fältchen zu Tage treten lässt. Nur selten einmal beruhigt sich die Mundlinie zu einem nicht in sich zuckenden Verlauf. An besonders dramatischen Stellen ihrer Ausführungen zieht es sogar einzelne bogenförmig von der Kopfkugel weghängende Haarsträhne in die Heftigkeit der Ausführungen mit hinein, grauverdächtige Ausläufer eines vom Stadtfriseur bewerkstelligten Haarzwangesr, einer sogenannten Frisur, wie kein Mädchen von vier Jahren und wohl auch später nicht sie auf seinem Kopf dulden möchte, die jedoch als schön aufgefasst werden soll, wie offensichtlich auch die übrige Aufmachung so gemeint sein dürfte und nicht zuletzt auch das wundersame Gemisch der lautlichen Äußerungen.

Auch später verfolgt ihre Nichte das eigentümliche Gebaren der Tante.

Wann immer ihr von aufregenden Neuigkeiten beschwingter Gang bei einer Geschlechtsgenossin zum Stillstand gelangt, und sei es in der Verengung einer Straße, setzt sich sogleich der Unterkiefer in Bewegung, um die jeweils aus dem Rahmen des Gewöhnlichen fallenden Ereignisse so lange und gründlich zu bewörteln, bis sie in einem bestimmten Verhältnis zur

Normalität stehen, etwa als abnormal, skandalös oder unverständlich.

Spürbare Erleichterung bewirken die Verformung der rot umrandeten Sprechöffnung in Fällen, in denen andere weder aus noch ein wissen. Da greift sie, den gesunden Hausverstand beschwörend, sich an die Stirn, mehrmals, rüttelt beide Hände in der Luft vor der Gesprächspartnerin, so eindringlich, dass ihr vis a vis zu verstehen und umzudenken beginnt. Ja, so eine kämpferische, wie auch an Ratschlägen reiche Ratgeberin ist ein Glücksfall für viele der in die Enge geratenen Frauen.

Selbst wenn nichts Außergewöhnliches vorgefallen ist, braucht so manche der allein im Haus befindlichen Schicksalsgenossinnen von Zeit zu Zeit einen Zuspruch und ist froh, eine entsprechende Telefonnummer zu kennen. Aber wie verhext: Gerade in Momenten, wo man den Zuspruch am dringendsten bräuchte, ist ihr Telefon besetzt, was, wenn man es recht bedenkt, ja nicht verwundern sollte; schließlich wollen auch andere, denen der Tag sonst zu lang würde, von ihr verstanden und bekräftigt werden.

Ich kenne ihn von meiner Kindheit her, den Typ von selbstlosen Frauen, die zur Essenszeit zwischen Herd und Tisch walten, ohne selber sich etwas in den Teller zu schöpfen. Erst nachdem alle am Tisch die Löffel weggelegt haben, sieht sie sich nach Überbleibseln um: Viel vorhanden ist leider noch von der säuerlich gewordenen Suppe, deren Schärfe sie durch die übrig gebliebenen Frittaten etwas mildert und nun im lauen Zustand in sich hinein löffelt. Reste gibt es zudem in der Salatschüssel. Gut so, die säubert sie mit Genuss bis auf die letzte grüne Flunsel. Endlich ausgescharrt werden muss auch die Bodenrinde der Polentapfanne; die kann sie ja zusammen mit dem Malzkaffee vom Frühstück später wegessen.

Manchmal geht so eine Person noch hungrig ans Abwaschen, manchmal aber muss sie mehr verdrücken, als der Appetit verlangt. Jedenfalls bestimmt die Summe der sich ergebenden Reste die Form ihrer Leiber und die Unebenheiten ihrer Gesichter mit: eine in jedem Haushalt etwas andere

Verwerterfigur, in den meisten Fällen aber doch schön rotwangig, rundlich und gutmütig aus den Fettäuglein blinzelnd.

Ausgehend von den Sachen, die schlecht zu werden drohen wie auch abhängig davon, wie viele davon nach sofortiger Verwertung verlangen, beginnt Frau N. bald nach dem Frühstück in den Vormittag hinein zu kochen. Den Schlagern ihrer Jugendzeit lauschend, die im Programm des regionalen Senders laufen, schnetzelt, rührt und würzt sie versonnen vor sich hin.

Manchmal wird es zu viel des Guten für ihren stets willig aufessenden Mann, der aber auch Verständnis dafür aufbringt, wenn zu wenig auf den Tisch kommt. In solchen Fällen denkt er eben an die gesundheitlichen Vorteile des Fastens und lobt seine liebe Frau dafür, dass sie so sehr auf seine Gesundheit bedacht sei. Bringt sie längere Zeit solche Fastenportionen auf den Tisch, merken das auch die Nachbarn an seinem flacher werdenden Wänstlein und spitzig gewordenen Gesicht, wie sie überhaupt die Veränderungen seiner Figur als plastische Darstellung der Verschätzungen seiner Frau verstehen.

Wenn der Reis nicht, wie bisher üblich und bewährt, in der grünen Kasserolle auf den Herd gestellt werde, sondern, wie die vor Kurzem eingeheiratete Schwiegertochter darauf bestehe, in einem dieser AMC-Töpfe, dann..., ja dann sei das nicht mehr ihre Küche, dann sei sie hier überflüssig und könne gehen, erklärt schmallippig die Altherrin des Hauses vor versammelter Hausgenossenschaft, bindet sich die Schürze ab und lässt die Umstehenden wissen, das sei jetzt nicht mehr ihr Leben, von hier aus sähe sie nicht mehr, wie es weitergehen soll.

Schon seit Langem schaut Frau N. keine Nachrichten im Fernsehen mehr an, in der Zeitung interessieren sie am ehesten die lokalen Ereignisse, insbesondere die Unglücksfälle und die Seite mit den Verstorbenen; die

Politik überblättert sie sowieso. Was derzeit läuft, hat sie schon vor zwanzig Jahren kommen gesehen, na, das mit den von allen Seiten herein drängenden Ausländern, die uns eines Tages beherrschen werden. Als einfacher Mensch greift man sich da ja an den Kopf, fuchtelt sie den Schwiegersohn mit beiden Händen vor den Augen herum, der ein Studierter ist, aber die einfachsten Sachen nicht kapiert. Als der sie bei der nächsten Atempause aber doch unterbricht und ihr etwas entgegnen will, der Grünschnabel, verstummt sie mitten im Redefluss, im Blick den Ausdruck: Dazu hätte ich unendlich viel zu sagen, sage aber gar nichts mehr.

An die zwanzig Jahre verbringt N. in ihrem Elternhaus, einem größeren Mutterbauch sozusagen, bevor sie es aus beruflichen Gründen verlassen muss. Für kurze Zeit nur, denn sie steuert zielstrebig auf ein eigenes Häuschen zu. Nicht ganz zufällig fällt die Wahl ihres Lebenspartners auf einen praktisch veranlagten, in Bauangelegenheiten versierten wie auch sparsamen Mann, sodass es keinerlei Diskussionen bedarf, wohin mit ihrer beider freien Zeit, dem Tatendrang und den Ersparnissen. Wissen also bis zur Fertigstellung des Hauses beide, was jeweils sinnvoll ist, so wird es von da an schwieriger, das Sinnvolle vom Sinnlosen zu unterscheiden..

Einmal, nachdem das Haus nichts mehr zu wünschen übrig lässt, steht N. unschlüssig vor einer Kommode, über die sie soeben eine allenthalben bewunderte Stickerei gebreitet hat. Zur Steigerung der häuslichen Atmosphäre stehen überdies bereit: eine schlanke gläserne Vase mit hohen Gräsern darin, eine Schüssel voll bunter herbstlicher Früchte, ein funkelnder faustgroßer Bergkristall und ein wie unter Schmerzen sich krümmendes Stück einer Baumwurzel.

Wie aber sind die Objekte anzuordnen, dass sie eine die Häuslichkeit verstärkende Stimmung ergeben? Sie gruppierte sie auf verschiedene Weise, zuerst einmal entlang einer Geraden, was ihr allerdings am wenigsten zusagt. Nach längerem Umstellen und Probieren ist sie plötzlich da, die

Komposition, die ihrem Grundgefühl entspricht. Stolz zeigt sie sie ihrem Manne: Es ist eine zur Spirale sich eindrehende Linie.

Frau N.geht es nicht gut. Der Haushalt wächst ihr über den Kopf, vor allem der nach dem lang ersehnten Regen ungestüm drauflos wuchernde Garten; der Mann, über den sie Außenstehenden gegenüber nichts Abfälliges sagen möchte, ist unterm Strich doch eher eine Belastung als eine Hilfe. Alles zusammen saugt ihr die Kräfte aus den Adern, sie fühlt sich erschöpft, fiebert, den einen Tag mehr, den anderen weniger. Damit man überhaupt über das Ganze reden kann, spricht man von einer Grippe.

Kraftlos schleppt sie sich zwischen Schlafzimmer und WC hin und her, will auch in der Küche nach dem Rechten sehen, wo die zu Hilfe gekommene Tochter mehr schlecht als recht den Haushalt führt. Aber wie! Um des Friedens willen sagt sie nichts und wischt zumindest die Brösel vom Tisch. Nichts ist mehr an seinem Platz! Nicht anzusehen, wenn die Schalen und Untertassen auf einmal im Tellerfach stehen! Aber noch bevor sie sie wieder an ihre Plätze zurück stellen kann, schiebt die Tochter sie zur Türe hinaus, hinüber ins Schlafzimmer.

Vor dem Fenster schon weiß Gott wie lange dieses bewegungslose, nach oben hin sich verdüsternde Grau, die Rauchfahnen über einzelnen Schornsteinen sinken bald nach ihrem Hervorquellen müde gegen die Gerippe der Obstbäume herab, die Schneehäufen entlang der Straße sind von salzhaltigen Pfützen bespritzt und eher braun als weiß ; ein reines Weiß war den ganzen Winter über nie zu sehen.

Der Kalender zeigt bereits März, als eines Morgens ein blendend heller Tag zwischen den Vorhanghälften ins Schlafzimmer dringt: ein zu Taten auffordernder, ein richtiger Gartentag! Keine der praktischen Frauen kann seinen Appellen widerstehen.

Noch bevor sie weiß, wie ihr geschieht, reißt es auch Frau N. in die Höhe. Das von Schweiß dunstende Bettzeug wird zur Seite geschwungen, ihre gewohnt energischen Schritte tragen sie zuerst ins Badezimmer, dann eine Weile kreuz und quer durch die Räume, bis sie gewappnet mit grüner Schürze und Gartenhandschuhen, auf der Miene Tatkraft und Entschlossenheit, auf das Haustor zusteuert.

Um Gottes Willen, nur nicht hinaus in die tückische Morgenluft, hält die Tochter sie mit sanfter Gewalt zurück. Und auf gar keinen Fall sich anstrengen, habe der Arzt ihr mehrmals aufgetragen.

Mit einem verächtlichen Ruck schiebt die Mutter die Hand der Tochter von sich. Was weiß denn eine, die auf dem Balkon ihrer städtischen Wohnung nicht einmal Kresse und Schnittlauch zum Wachsen bringt! Draußen ist sie und – unglaublich - schon wühlt , jätet und recht sie in einem der Beete.

Was, bitte, was soll man in so einem Fall machen? Die Tochter kann nur warten, bis Schwäche und Erschöpfung sie wieder zur Vernunft bringen.

Da kann sie aber lange warten! Zu Mittag ist bereits das erste Beet von Unkraut befreit, das Erdreich gelockert, größere Steinchen davon entfernt, und die wackere Frau hätte glatt das nächste in Angriff genommen, wenn nicht die Tochter zum wiederholten Male zum Essen gerufen hätte.

Von der benachbarten Ortschaft her nähert sich auf ihrem soliden Damenrad eine der verlässlichen Kirchenbesucherinnen dem Platz unterhalb der Kirche. Zeit und Ort sind entschieden auf ihrer Seite, wie auch das der Jahreszeit entsprechende uneitle Kostüm sie davor schützt, aus der Stimmigkeit eines Sonntagmorgens herauszufallen. Ebenso mit der Atmosphäre abgestimmt ist das maßvolle Tempo, mit dem sie sich dem Kirchplatz nähert.

Eine kluge maßvolle Frau! Das geht allein schon daraus hervor, dass sie der Bequemlichkeit des Autos entsagt wie auch den Gang zu Fuß aus Zeitgründen ausgeschlagen hat.

Wo die Straße den Kirchplatz erreicht, steigt sie schon eine Weile vorher, per Rücktritt sacht bremsend, aus dem Sattel, bleibt jedoch nicht ganz stehen, sondern lehnt in einer weiterfließenden Bewegungen das Rad hinter den von Radanlehnungen schon seit Längerem ramponierten Fliederstrauch. Kein Zufall, dass just in diesem Moment vom Kirchturm herab das feierliche Durcheinander der zwei kleineren Glocken erschallt, woraufhin die in Grüppchen auf dem Platz beisammen stehenden Kirchgänger die Gespräche abrunden, um die weltlichen Dinge für eine Stunde hintan zu stellen und sich in Richtung Kirche in Bewegung zu setzen.

Auch die Miene der pflichtbewussten Frau nimmt jetzt ernste Züge an. Die Rechte tastet an den Hinterkopf, prüfend, ob das Haarnetz nach der Radfahrt noch dort sitzt , wo es sein soll; vorsichtshalber rückt sie den Blusenkragen noch einmal zurecht und streicht den Rock glatt, bevor sie die aufwärts führenden Steinstufen betritt. An der Art, wie emsig für ihr Alter sie jetzt die Knie nach einander hebt, geht hervor, dass sie Wert darauf legt, eine Weile vor Beginn der Feierlichkeiten ihren angestammten Platz in den Frauenbänken einzunehmen.

Da ihr dies in ausreichendem Maße gelingt und sie nach den kirchlichen Obliegenheiten und einigen launigen Wortwechseln wieder das Rad besteigt, um heimwärts zu trachten , damit sie ihre häuslichen Pflichten erfüllt, erlebt sie diesen Tag als *erfüllte Zeit.*

Sonntags steigen jene auserwählten Frauen und Männer des Dorfes, denen Gott eine schöne sichere Stimme verliehen hat, die steilen Holzstiegen neben dem Kircheneingang zum Chorraum empor und lassen ihre Inbrunst und Gottergebenheit über die Köpfe der am Boden des Kirchenschiffes Knieenden hin erklingen. Die wenigen, die zu solcher Vermittlung des Göttlichen berufen sind, stehen nicht nur räumlich über dem Volk, sie spüren auch, dass sie mit ihrem gesamten Tun und Lassen darüber stehen müssen, denn in jedem Laut aus ihren Kehlen schwingt ein Beiklang des jeweiligen Lebenswandels mit.

Aus solchen Rücksichten heraus ist zu verstehen, dass in einer der umliegenden Pfarrkirchen eine junge Sopranistin, die sich eine sittliche Verfehlung hat zuschulden kommen lassen, nicht länger im Kirchenchor geduldet wird. Denn man stelle sich vor: Eine Befleckte, wie sie es nun einmal ist, entbietet mit ihrem Ave Maria der Unbefleckten einen von irdischer Lust kündenden Gruß. Nein, derlei Verehrung würden bei den Himmlischen schlecht angekommen; im musikalischen Sinne vielleicht makellos, ist die Stimme eben dermaßen verunreinigt, dass es unten in den Kirchenstühlen die Gedanken der Männer vertragen würde: der Teufel weiß wohin.

Am Morgen des Ostersonntags müssen die Dorfbewohner früher als gewöhnlich aus ihren warmen Betten, denn schon um sechs Uhr findet die Auferstehungsfeier in der Kirche statt. Dort angekommen, nehmen die Männer die Hüte ab, die Frauen befeuchten im steinernen Weihwasserbehälter seitlich des Kirchenportals die Fingerspitzen und bekreuzigen sich mit dem geweihten Wasser; hierauf legen sie die Arbeitshände in eine angedeutete Gebetshaltung und lassen die Worte des Priesters, wovon immer er sprechen mag, über sich ergehen. Nach der Abwicklung der langwierigen Auferstehungszeremonien kehren sie beruhigt, dass sie das Erforderlich getan haben, in ihre Häuser zurück, wo sie im Kreise der Familie sich mit einem reichhaltigen Frühstück für das geduldige Ausharren belohnen.

Aber merkwürdig: Kaffee, Reindling und ein Sträußchen Sumpfdotterblumen in der Tischmitte, so malerisch das auch arrangiert sein mag, das kann doch wohl nicht alles sein, wovon der Geistliche so ergriffen zu ihnen gesprochen hatte und worauf das zweithöchste Fest des Jahres hinaus will. Also muss mehr von dem Besonderen her: vier Sorten Schinken, kunstvoll gebatikte Eier, Kren, Lachs und Kaviar samt allerlei würzigen Zutaten. Bis die Leiber drall voll sind und die Frage in den Hintergrund rückt, was sie bewogen hat, so früh aufzustehen und in die Kirche zu gehen.

In einer Gesellschaft, in der man sich nur auf Überprüfbares und Messbares verlässt, bleibt der Witwe N. am Ende doch nichts übrig, als zum Fiktiven Zuflucht zu nehmen, indem sie nach dem Ableben ihres Mannes sich so verhält, als lebe der unter dem Grabhügel weiter und sei weiterhin wie die real Lebenden der Zuwendung und Liebe bedürftig. Anhand des Aufwands auch an den anderen Gräbern gewinnt man den Eindruck, der Dahingegangene habe sich lediglich aus dem Optischen zurückgezogen, wolle aber keineswegs darauf verzichten, dass ihm auch in Zukunft die gebührende Zuwendung und Ehre zuteil würde. Auf solche Daseinsbeweise scheinen vor allem jene halb anwesenden Existenzen Wert zu legen, die schon zu Lebzeiten nur teilweise vorhanden sind, zum Beispiel als Körper ohne weitere Bedeutung.

Gewiss, zu melden hat der Alte dort unten nichts mehr, mag er auch vorwurfsvoll auf das verwilderte dornige Rosengestrüpp, das sich um den Grabstein rankt und das Unkraut auf dem Grabhügel hinweisen, das die Vorübergehenden sehr wohl bemerken, mag er in der Sprache des Friedhofs über Undankbarkeit klagen oder zu allfälligen Vorkommnissen in der Familie seine unmissverständliche Meinung jedem mitteilen, der es wissen will: In der Sprache der Lebenden hat er nichts mehr zu melden.

Wie dem auch sei: Die Betreuer der Gräber setzen mit ihrer Gehätschel rund um den Grabhügel auf eine Annahme, unter der sich kein realer Boden befindet, sondern eine gut gemeinte aber nur gestischeTröstung; sie stützen sie jedoch mit so viel Aufwand, dass die Gesamtheit der Maßnahmen, schon weil sie auch ins Geld geht, eine eigene Realität bildet, die keiner im Dorf in Zweifel ziehen wird. Und so herrscht speziell vor Allerseelen um die Gräber eine ähnlich sachlich nüchterne Geschäftigkeit wie etwa in der hiesigen Mechaniker-Werkstatt, wo um diese Zeit mit Hochdruck Winterreifen montiert werden.

Darin sind Ns. Frau und deren Schwester sich einig: N., der nach der Verehelichung am liebsten weiterhin in den Klamotten aus seinem kleinbäuerlichen Elternhaus herumlaufen würde, muss endlich ordentlich eingekleidet werden. Steif steht er mitten im Herrensalon und verfolgt, was die beiden Frauen als für ihn passend in Erwägung ziehen. Über Farbzusammenstellungen in Bezug zu seiner heubraunen Augen disputieren sie so lange, dass er derweil leicht den Hang neben dem Hause hätte mähen können. Weil er jedoch ihrer Fachkundigkeit nichts gleich gut Begründetes entgegen zu stellen hat, hält er weiterhin still, wenn wieder einmal eine der widerlichen Hüllen vor ihn hingehalten wird, wobei die Köpfe der Frauen im Begutachten einmal mehr nach links, dann wieder nach rechts geneigt werden.

Zu übler Letzt schicken sie ihn mit einem der schnöseligen Zweireiher in die Kabine. Er mag gar nicht im Spiegel überprüfen, wie die ihm zugemuteten Modetorheiten mit seinem Bauernschädel zusammenpassen und überlässt sich den begutachtenden Augen, die draußen auf ihn warten.Toll! Ein fescher Kerl sei er eigentlich, rücken die Frauen sogar mit Komplimenten heraus, als er mit dem viel zu teuren, weil zur neuesten Kollektion gehörigen Schale vor sie hin tritt; besonders die Verkäuferin beeilt sich, ihm ein paar bewundernde Blicke und möglichst ehrlich wirkende Anerkennung zukommen zu lassen. Ja, schaut ihn euch an: von den Socken bis zu Krawatte und Hemd: ein Mann wie aus dem Kleiderkatalog, gehen die Frauen in Bewunderung auf.

Man müsste nur den Inhalt daraus entfernen, denkt er selber einen Schritt weiter.

N.s Frau, Gott hab sie selig, ist leiblich zwar dahin gegangen, bleibt ihrem Mann jedoch auf Schritt und Tritt auf den Fersen. Das bemerkt er soeben am Haustor. Seine Hand zögert: Zusperren oder nicht?

In seinen besten Tagen hatte er eine entschiedene Vorliebe für das Offene, somit auch für nicht versperrte Haustore. Bald nach seiner Verehelichung stellte sich jedoch heraus, dass die Gattin, der er in Liebe ergeben war, das Haustor stets verschlossen hielt, was immerhin auch sein Gutes darin hatte, dass es letztlich auf Geborgenheit und familiäre Wärme hinaus lief.

Ungewöhnlich lange steht er vor dem Haustor, horchend, was in ihm vorgeht und zu welchem Bewegungsresultat das innere Für und Wider gelangen wird. Sachlich betrachtet ist das Ergebnis zwar ohne Belang, wohl aber wird bei der Entscheidung offenbar, welche der in ihm waltenden Kräfte die Oberhand behalten wird. Würde er sich von seiner Gemahlin jemals lösen können, würde er in der neuen Lebensphase, in der er wieder aus sich heraus entscheiden darf, ohne zuzusperren aus dem Haus kommen?

Gegen seine einstige Vorliebe für das Offene hat die Hand den Schlüssel im Schloss umgedreht. Er lässt die Schultern sinken. Einen Moment lang steht er als Schwächling auf der Fußmatte und muss sich der Einsicht öffnen, dass sie, die Resolute, Tatkräftige, noch immer das letzte Wort hat.

In der Dramatik gesteigert von den sich rötenden Wangen berichtet die Gastgeberin ihren Gästen wieder einmal von den Zuständen und Vorkommnisse aus den Tagen ihrer Kindheit, wobei ihrem Mann als einem, der die Begebenheiten bereits zum wiederholten Male gehört hat, auffällt, dass die Grausamkeiten der damaligen Bösewichte seit den ersten Erzählungen noch grausamer geworden sind, die Verleumder noch niederträchtiger, die Scheinheiligen noch verschlagener, aber auch die Anständigen noch anständiger und die Verehrer noch kavalierhafter und waghalsiger. Die erahnbare Realität je nach Bedarf verändernd, hebt die temperamentvolle Frau in beschwörendem Tone hervor, dass ein Kind von heute die Strapazen und Kälte, die sie durchgestanden habe, gar nicht mehr durchstehen würde.

Gefasst lässt der Mann die Erzählung an sich vorüber rauschen. Als wahr kann er nur herausschälen, wie viel von den Fähigkeiten der Erzählerin nicht zur Verwirklichung gelangen konnten, sondern in die soeben gehörten Übertreibungen hinaus geschossen sind.

Mit ihrem nach einem alten Hausrezept gebackenen Reindling haut Frau N. wieder einmal ein Loch in die Gegend. An den außen goldbraunen, innen mit Zimt und Rosinen reichlich gefüllten Prachtstück kommt keiner der Geburtstagsgäste ohne Bewunderung vorbei. Mmm! Großartig! So etwas bringt nur die N. zusammen, surrt es wie ein Bienenschwarm rings um das soeben angeschnittene, in aller Bescheidenheit überreichte Mitbringsel einer im Übrigen unscheinbaren Frau. Die nun verteilten Kostproben haben durchaus das Zeug in sich, der Höhepunkt des Tages zu werden. Auf alle Fälle wird es noch eine Weile dauern, bis man darüber hinweg zur Tagesordnung übergehen kann.

Im schattigen Garten hinterm Haus Nr. 24 fühlt man sich im Sommer wohl. *Hallo Kidds*, begrüßt ein Tennistisch die ungestüm daher stürmenden Enkel. *Lust auf ein Match*? Die Ribiselstauden zur Rechten sprechen mit ihren staunenswert großen Beeren die Frauen an, erinnern sie daran, dass besonders die schwarzen zur Blutbildung beitragen. Die Hollywoodschaukel auf dem mit Waschbetonplatten ausgelegten Quadrat gibt besonders den modernen Frauen Recht, indem sie darauf hinweist, dass sie doch keine Arbeitstiere sind und gern an Sonntagnachmittagen dort in leichter Bekleidung sich in die Polsterung zurückgelehnend in Zeitschriften wie *Landlust* oder *Die Frau von heute* blättern. Gedacht ist hier auch an beschauliche ältere Herrschaften: in Form eines grau gewitterten Holzbänkchens, das sich, von Fliederstauden umgeben, in einen ruhigen Winkel schmiegt. Tatsächlich darauf sitzen habe ich dort noch nie jemanden gesehen. Es genügt, dass sein Angebot zu einer Stimmung des Willkommens beiträgt, wie überhaupt alle gärtnerischen Maßnahmen darauf hinaus laufen, zum Besucher in ein freundliches, ihm alle Wünsche von den Augen lesenden Verhältnis zu treten.

Es ist zu vermuten, dass gewisse durch den Garten geführte Gäste infolge ihrer beruflichen Zwänge das sogenannte Menschliche zugunsten des Geschäftlichen hintan stellen müssen. Wohlan, hier wird es ihnen für die Zeit des Flanierens zurück gegeben. Mit bukolischem Lachen begrüßt von gemütlich auf den Schaufelstiel sich stützenden Gartenzwergen und weiter komplimentiert zu Gesundheit versprechenden Speisekürbissen wie auch Liebe verheißendem Geranke, wird jeder, der gemächlich daran vorüber schlendert, aufs Neue beseelt.

Erhebend, wie weit man von der Alm aus ins Tal hinaus sieht: kein Lebewesen weit und breit, außer den Dohlen, die sich über einer vom Blitz versengten Lärche in den Wind werfen. Am Ende des Güterweges eine verwitterte, unbewohnte Hütte, und da, oberhalb des Weges etwas, was jede Frau in helle Begeisterung versetzt: Preiselbeeren, unwahrscheinlich große, dunkelrot schon und so viele!

Dass die das Jahr im Tal verbringende Frau wirklich auf der Alm ist, kann sie sich dadurch beweisen, dass sie die Beeren pflückt. Wieder im Tal angekommen, geht sie unverzüglich daran, sie zu Marmelade zu verkochen, wobei der Kochlöffel beim eintönigen Umrühren noch immer mit den Dohlen über den Lärchengipfeln kreist. Und auch später, im Winter, während sie einen Esslöffel voll von diesem Almextrakt auf eine Palatschinke schmiert, steht sie mit einem Fuß auf dem Almweg, der andere, gefühllose, ruht auf dem Küchenboden auf.

Außer zu einer Kur , wo sie das Glück hatte, mit einer netten Frau aus der Steiermark das Zimmer zu teilen, ist Frau N. nie nennenswert aus dem Tal hinaus gekommen. Und sie wüsste auch nicht, was sie in einer fremden Umgebung tun sollte.

Seit aber die Tochter ihr von einer Amerikareise ein Geschirrtuch mitgebracht hat, auf dem mit grellfarbigen Lettern die Namen der berühmtesten Orte der Welt aufgedruckt sind, trocknet sie die Gläser und Teller mit Paris, Haway, Zürich, San Franzisco et cetera ab und fühlt sich dementsprechend weltoffen.

N. ist ein guter Ehemann. Als einer, der die Epoche der männlichen Dominanz zurecht für überholt hält, ordnet er sich den Wünschen und Entscheidungen seiner Gattin unter. Wiewohl zum Beispiel das zu nichts führende Spazieren seinem praktischen Wesen widerstrebt, begleitet er sie abends ohne Murren auf ihren langen, eintönigen Spaziergängen, begleitet sie zu den Feiertagen zu ihren immer essenden Verwandten und verzichtet auf jene seiner Bekannten und Freunde, die iIhr nicht zu Gesichte stehen. Dabei steigt sein Selbstwertgefühl in dem Maße, wie sie sein Verhalten lobt, so wie es ihn andernfalls verunsichert, wenn er längere Zeit keine Zeichen der Anerkennung von ihr erhält. In jedem Fall aber erweist es sich als klüger, das zu tun, was sie für das Beste hält. Mehr und mehr erübrigt es sich für ihn, einen eigenen Willen zu entwickeln, denn nur indem er ihn hintan hält, herrscht Einvernehmen und Harmonie zwischen ihnen.

Eines Tages bemerkt N., dass er nicht mehr vorhanden ist.

Zwar sitzt da einer bei einer für Männer typischen Speckjause mit Bier, die Füße laufen auf seinen Männerrumpf zu, typische Männersandalen übrigens am unteren Ende. Aber sonst?

Er dürfte demselben Naturgeschehen zum Opfer gefallen sein, das auch die Drohnen bald nach der Befruchtung als überflüssig beseitigt. Das für den Weiterbestand der Gattung Notwendige, die Zeugung, benötigt die Männchen ja nur für kurze Zeit.

Umgeben von einem Gewölk aus zerknüllter Unterwäsche, vollgerotzten Taschentüchern, Brillen, Medikamentenfläschen, Fernbedienung, dies alles vermischt mit verschwitztem Bettzeug, thront hustend und spuckend die unumstößliche Autorität des Alters. Sie leidet: am Wetter, an den von der Zeitung berichteten Zuständen im Lande, an der Verständnislosigkeit der Schwiegertochter; an diesem Vormittag aber zusätzlich an der Hose des Enkels. Wie schäbig und fleckig die sei; nicht anzusehen! Sofort in die Wäsche damit, aber flott!

Der gemeinte, soeben in die Semesterferien nach Hause gekommene Studiosus schaut über seine Vorderseite hinunter, kann zwar nichts von Schmutz und Flecken bemerken, hört aber inzwischen nun wohl zum fünften Male, dass die Hose vor lauter Dreck von selber stehe und würde es sicher noch öfter hören, wenn er nicht von Wiederholungen zermürbt, sie auf der Stelle auszöge, seine Lieblingshose, die erste, die er sich selber ausgesucht hatte.

Was solls! So eine Autorität ist von keinen Argumenten mehr zu erreichen geschweige denn umzustimmen. Leichter als gegen sie anzukämpfen fällt es, die nächstbeste Hose aus dem Schrank zu ziehen, egal wie sehr sie den Träger durch ihre plump ländliche Machart abstößt.

N. ist ein nicht gerade imposanter, aber gutmütiger Mann, im Hause gut zu gebrauchen, um Küchenabfälle hinters Haus zu tragen oder den schräg stehenden Christbaum genau senkrecht zu stellen.

Nur seine Augen hat er nicht im Zaum; sie sind im Begriffe, sich von ihm als moralisch gefestigter Person loszureißen und ihrer eigenen Wege zu gehen. Peinlich, peinlich, wie sie sich gegenüber den anwesenden Damen verhalten: Wie ungezogene Hündchen springen sie ihnen über die Beine hinauf, schlecken ihnen den Ausschnitt ab, von argeren Ungehörigkeiten einmal ganz zu schweigen. Vergeblich versucht er, sie an der Leine der Gehörigkeiten zurück zu halten, das heißt, seine Aufmerksamkeit von den aufregenden Ausbuchtungen der wohlproportionierten Nichte weg auf das allenthalben bewunderte Teeservice zu lenken.

Auch wenn der alte Saufbruder N. zufolge seines bisherigen Sündenregisters als einer gilt, mit dem man besser nichts zu tun hat, weil der zu allem fähig ist und bei günstiger Gelegenheit seine Großmutter verkaufen würde, legt einer seiner Saufkumpanen ihm den Arm um den feisten Hals und nennt ihn einen Gefühlsmenschen, einen im Grunde gutmütigen Kumpel, einen unverstandenen und zu Unrecht verleumdeten. Da verstummt der alte Saufbruder vor Rührung und spürt tief in sich seine Gutartigkeit.

Wer kennt sie nicht, die angenehm unkomplizierten Zeitgenossen, die die Frage nach heimat und Herkunft mit einem einzigen Wort beantworten können: dem Ort ihrer Kindheit, der, wie immer er auch beschaffen sein mag, ihnen der schönste auf der Welt zu sein scheint. Kehrt einer nach längerer Zeit der Abwesenheit dorthin zurück, flimmern jedoch zwei Wirklichkeiten vor seinen Augen: Der erinnerliche Ort von damals und der der inzwischen veränderten Zustände. Scheußlich erscheinen ihm die Modernisierungen, gefühllos, wie man die Spielplätze seiner Kindheit verbaut hat!

Meine älteste Schwester kannte auch nur einen Ort, mit dessen Eigenheiten sie kongruierte: ihr Elternhaus und den dazugehörigen Gemeindesprengel. Als Vaters Liebling verhielt sie sich von Kind auf so, dass er stolz auf sie sein konnte. Von allem Anfang an sah sie mit seinen Augen, wo auf dem Hof anzupacken war, und sie steigerte Vaters Stolz nicht selten dadurch, dass sie seine Erwartungen durch besonderen Arbeitseifer noch übertraf.

Bescheiden aber sauber gekleidet, zwei kokette Wellen im dunklen Haar über der Stirn, unter der heraus der Blick erwartungsfroh in die Zukunft strahlt, so zeigt sie das Gruppenfoto von der Entlassung aus der Volksschule. Einige Jahre später schickt Vater sie auf einen Dienstposten, wo sie den Mann ihres Lebens kennen lernt und ihm in blindem Vertrauen in die Stadt folgt. Wie zu Hause will sie auch dort ihr Bestes geben. Aber was ist das? In der städtischen Umgebung greifen die ländlichen Tugenden nicht mehr; sie gehen ins Leere. Heimweh ist die Folge. Vorübergehend lindern kann sie es dadurch, dass sie zur Zeit der Heumahd für zwei, drei Wochen *nach Hause* kommt, um dort wie seinerzeit im Hause und auf dem Felde mit anzupacken.

Wie sie habe auch ich das Tal früh verlassen, habe jedoch im Zuge eines unbekümmerten Studentenleben meine Urprägung durch allerlei im Schwange befindliche städtische Gewohnheiten überschichtet und mir neue Zugehörigkeiten gesucht. An Heimweh kann ich mich nicht erinnern.

Immer wieder stoße ich aber darauf, dass ich trotz einer Decke aus Allerweltskram darunter ein Bauernbub geblieben bin. Bei manchem sich bietenden Anlass wie dem üblichen Gräberbesuch zu Allerseelen verspüre ich ein Ziehen in Richtung Gebirge, sehe das abgewitterte alte Haus vor mir, das inzwischen schon einige Bewohner hat gehen lassen, um der nächsten Generation Platz zu machen.

Während ich auf den halb verwachsenen Trittspuren aufwärts stapfe, auf denen ich seinerzeit mit schwerer Schultasche und schwach vor Hunger mich heimwärts geschleppt habe, lasse ich mich davon durchrieseln, was zwischen dem Damaligen und dem Heutigen geschieht.

Ernst und finster schaut das Haus, dem ich in meinen besten Jahren den Rücken gekehrt habe, mir, dem Verlorenen Sohn, dem Untreuen, von der Abflachung des Berges herab entgegen; seine Fensteraugen blicken mir bis auf den Grund der Seele. Trotzdem erkennt es mich als zu ihm gehörig an, wie auch die in den Rasenfilz getretenen Fußstapfen, die den Steig querende Rinnsale samt den daraus hervor ragenden Steinspitzen mich als alten Bekannten begrüßen. Erfreut wie ein Hund seinen Hausleuten entgegen springt, kommen mir die in Reihe stehenden Hiefler und die im Gelände verstreuten Heuschuppen entgegen. Die Übereinstimmungen lösen in mir eine Bewegtheit aus, deretwegen ich immer wieder gern hierher komme.

Wäre ich - so überlege ich im Aufwärtsstapfen - hier geblieben, ergäbe sich keine Differenz zum Boden unter meinen Füßen. Vermutlich würde ich ihn gar nicht mehr spüren.

Vater ist ein Naturereignis, nämlich gleich unsanft wie Wind und Wetter und barsch gegen alles Geschönte und Unnütze. Besonders gefürchtet wird er von gewissen Tanten aus der Stadt, die just an den schönsten Heutagen den Kopf zur Türe herein strecken und falls er sich zufällig dort aufhält, am liebsten das Weite suchen würden. Diesen Nichtstuern gegenüber nimmt er sich nämlich kein Blatt vor den Mund, nie zwingt er sich zu einem Zeichen des Willkommens, nie zu einer höflichen Floskel. Bei sonntäglichen Besuchen liegt er, den Rücken gegen die bei Tee und Kuchen sitzende Tischgesellschaft gedreht, auf dem Diwan und wehrt sich körpersprachlich gegen das gewichtslose Meinungsgeflunsels der Frauen, bei dem am Ende ja doch nie etwas herauskommt, wie er sagt.

Nach der Verabschiedung der Damen beginnt in der Küche ihre Beurteilung und Einordnung in die im Hause vorhandenen Begriffe. Dabei zerfallen die soeben Verabschiedeten in ein kleinteiliges Für und Wider, dem Vater irgendeinmal mit einer missmutigen Bemerkung ein Ende bereitet. Der kurze Brummer hat spürbar mehr an Gewicht als das gesamte vorhergehende Geschnatter. Während dieses nämlich, dem jeweiligen Gesprächspartner entsprechend, sich in allerlei Rücksichten aufdröselt und so an Gewicht verliert, ist Vater ein einziger ungespaltener Klotz, von dem niemand, besonders die Damen nicht, getroffen werden möchte.

Wenn ich mir die ältesten Eindrücke vergegenwärtige, die ich aus meiner Kindheit wachzurufen imstande bin, so höre ich schweres Schuhzeug im Vorhaus: Es sind die Mäher. Vom Feld kommend klumpern sie über die ausgeretenen Bodenbretter in die dunkle Küche herein. Jeder steuert auf seinen angestammten Platz am großen Tisch zu. Ein aus verwaschenen Lauten bestehendes Gebetsmurmeln, abgeschlossen mit einer Zickzackbewegung des Daumens von der Stirn abwärts, dann beugen sich die Oberkörper gegen die Tischmitte vor, wohin soeben die Pfanne herein geschwungen worden ist. Wortlos langt jeder in die Mitte der Pfanne hinein, löffelt in sich hinein, ohne recht zu merken, was es ist. Meistens ist es Polenta mit einer Schmalzgrube in der Mitte. Die Begierde im Zaum haltend wird die gelbe Fracht in die Schmalzgrube getunkt und zum Mund geführt, woraufhin ein Schluck Milch als Nachspülung gut tut.

Aaaah!

Sobald die Löffel rund um die ausgescharrte Pfanne liegen, schließt das seufzende Gemurmel des Dankgebets den Vorgang in aller Form ab. Der eine nach dem anderen zwängt sich hinter dem Tisch heraus und verzieht sich in einen Winkel. Vater selber krüppelt sich auf die Bank hinter dem Herd; den Hut legt er sich als Fliegenschutz über das von grauen Stoppeln verwachsene Gesicht.

Abends gehe ich gern zum Nachbarn. Mit dem gleichaltrigen Sohn hocken wir, ein Stück hartes Brot mummelnd, im Winkel unter dem Tisch und verfolgen, wie der alte Barfußmäher Gras und Erde zwischen den Zehen heraus kratzt; jeden dieser spezifisch verkrümmten, verlässlich ihre Dienste verrichtenden Glieder betrachtet er einzeln. Gott sei Dank, es sind noch alle da! Knapp hinter der im Bogen vorüber sausenden Sense sind sie wie durch ein Wunder heil geblieben: stark wie ein Ochsenhorn der Große, mächtig nach vorne ragende; seitlich daran anschließend die sich in die Höhe buckelnde Hammerzehe, von der anderen Seite her bedrängt von der ihrerseits eingezwängten Mittelzehe. Freier und weniger gekrümmt streckt sich die vierte vom Fuß nach vorne; an sie schmiegt sich, wohl vom winterlichen Schuhzeug an die anderen angepresst, kurz und buckelig, die kleinste in die Höhe.

Später habe ich selber bloßfüßig in den Bergwiesen gemäht und über die selbständige Arbeit meiner Füße gestaunt. Die im Laufe der Generationen entstandenen Krümmungen der Zehen verstehe ich seither als Reaktionen auf die Abschüssigkeit der Bergwiesen, in deren Unebenheiten sie Halt zu suchen haben. Während Kopf und Arme des Mähers von der alle Aufmerksamkeit erfordernden Feinarbeit des Sensenschwingens beansprucht werden, erledigen unten Fuß und Zehen das tastend tappende Weiterrücken in den Unebenheiten des Hanges. Den wackeren zwei Reihen von sich aus agierender Ausstülpungen obliegt die verantwortungsvolle Aufgabe, dem darüber aufgebauten Mäher in jeder Bewegungsphase Halt zu ertasten.

Ähnlich unauffällig wie die Glieder und Organe des Körpers ihre Aufgaben erfüllen, erfüllen auf den Bauernhöfen die verschieden leistungsfähigen Hofleute die ihnen zufallenden Aufgaben. Es sind den Anforderungen des Hofes entsprechende Verrichtungen, wozu in weiterem Sinne auch der Schlaf als Phase der Entspannung und des Sammelns von neuen Kräften gehört. Als strapaziös und anstrengend erscheinen die laufenden Arbeiten nur den Außenstehenden; für die Bauersleute ist die Anwendung ihrer Kräfte die ihnen gemäße Form des Daseins.

Kündigt sich beispielsweise ein Heutag an, so schießt von diesem Umstand her Arbeitslust in die unter anderem durch Heuarbeit geformten Glieder ein und es geschieht, was unter solchen Umständen von jeher geschehen ist. Schlimm freilich fühlt sich das für die Alten an, die mit wässrigen Augen den Jungen bei der Arbeit zusehen müssen und spüren, wie der schöne Tag sie als etwas nicht mehr Brauchbares links liegen lässt.

Wie die einzelnen Körperteile keine Worte benötigen, um sich miteinander zu verständigen, so spielt es sich auch innerhalb der soliden bäuerlichen Familien ab. Mit Worten ist der rohen Realität gegenüber nicht viel auszurichten; einen Baumstamm wälzen oder eine Mauer errichten kann man mit ihnen nicht.

Das verstehen sehr wohl auch die Bauerntöchter. Von einem Heiratskandidaten erwarten sie sich also keine Luftblasen an verbalen Liebesbezeigungen, sondern lassen sich von ihm Haus und Hof zeigen; irgendwelche körpersprachlichen und lautlichen Äußerungen wie auch seltsame, schämenswerte, aber zur Familiengründung taugliche Wallungen ergeben sich von selber. Im Ganzen ähnelt so ein Werben auffällig dem, wie die Vogelmännchen dem erkorenen Weibchen das sorgfältig geflochtene Nestchen zeigen. Und wie bei den munteren Haubentauchern das Männchen mit dem solide geflochtenen Nestchen dem Weibchen das wichtigste gesagt hat, was es zu sagen hat, geschieht es auch in vielen bäuerlichen Familien.

So lebt man denn weitgehend in vorsprachlicher Selbstverständlichkeit entlang des Jahreskreises dahin und ist einander nicht weniger zugetan als in Familien, in denen man den Morgen damit beginnt, dass man einander einen *Guten Morgen* wünscht und den Nachbarn durch betont freundliche Grußformeln zu verstehen gibt, dass man sie als vorhanden akzeptiert und ihnen nicht feindlich gesonnen ist.

Bauern, wie ich sie erlebt habe, brauchen derlei Gewörtel nicht. Worte der Anerkennung sind etwas für Verunsicherte, ein Bauernmensch ist sich seines Vorhandenseins auch so sicher. Kommt ihm beispielsweise ein Holzhändler mit Lobesworten, bedeutet ihm das nicht viel mehr als dass er sich in eine günstige Ausgangsposition für den bevorstehenden Handel bringen will.

Bis in unsere Tage herauf verharren gewisse Männer, zumal die Holzfäller, Maurer, Erdarbeiter und Metzger in der Sprachlosigkeit. Die Frauen flüchten so bald wie möglich aus der Rohheit der bloßen Vorgänge in ihre verbale Abbildung. Anstatt dem Schwein mit dem stumpfen Teil der Hacke zwischen die Augen zu dreschen und ihm das Messer in den Hals zu stoßen, sprechen sie ein paar Tage vorher das Wort *Schlachttag* aus. Den Rest haben die Männer zu erledigen.

Nach und nach gehen aber auch sie dazu über, anstatt das Schwein im Haartrog hin und her zu wälzen und im Wald Baumstämme zum Fuhrweg zu schleifen, mit wendiger Zunge ihre lautlichen Entsprechungen in der Mundhöhle zu wälzen. Das heißt: sie reden mit dem Transportunternehmer auf eine Art, dass die Stämme nach einer verabredeten Zeit sauber aufgeschlichtet auf dem Holzlagerplatz liegen.

Manch unfassbares Ereignis, das das ganze Dorf erschüttert und sprachlos macht, verliert seine Unfassbarkeit, indem man es an den Dorfältesten heranträgt. Der sitzt meist wie angewachsen auf der Bank vor seinem Hause und kaut an seinem Tabak. Auf die Nachricht hin hält der denn doch im Kauen inne. Es folgen ein paar raschere Kaubewegungen, dann wieder eine Weile Ruhe. Irgend einmal beginnen im Bart ein paar Härchen ihre Lage zu verändern und es kommt, was durch das Sieb der Ohrhärchen von der Seite her eingedrungen war, vorn aus dem Gestrüpp des Bartes wieder heraus, inzwischen so weit abgeschwächt, dass sich die Sache einigermaßen in die Normalität einfügt.

Man kennt sie, diese dumme Ergriffenheit, wenn gegen Ende des Sommertages über den Heubergen die Farbskala sich gegen das Rötliche hin verschiebt und zugleich in der sich verdunkelnden Landschaft darunter die Gegenstände ihre Konturen verlieren. Ich freilich begreife nicht, was an solchen durch die Gesetze der Lichtbrechung erklärbaren Vorgängen Wunderbares dran sein soll. Gut möglich, dass neun von zehn Bewunderern von Sonnenuntergängen nicht wissen, beziehungsweise nicht wissen wollen, wie die seltsame Verfärbung zustande kommt. Ich habe nicht den Eindruck, dass die, die nicht überdrüssig werden, die Verfärbung zu fotografieren und als Beweis für die Schönheit des Landes in Bildbänden dokumentieren, dass sie so sehr die Vorgänge der entsprechenden Lichtbrechung bestaunen, die als Teil des Naturgeschehens durchaus des Staunens wert wären. Nein, eher zeigen sie sich davon eingenommen und erleichtert, dass das Spiel der Farben den Krampf des auslaufenden Tages in eine alles gleich machende Unschärfe zerfließen lässt.

Als Kind spitze ich die Ohren immer dann besonders, wenn jemand lästert, spottet und sich über die herrschenden Zustände auslässt, je deftiger, desto besser. So auch im katholischen Internat, wenn unser Zeichenlehrer, alle Vorsicht außer Acht lassend, zu Beginn der Doppelstunde zu einem Rundumschlag gegen alles, was ihm in die Quere gekommen ist, ausholt, wobei zu unserer Genugtuung sogar die Internatsleitung und gewisse Kollegen einiges abbekommen.

Zehn Jahre später, es sind die Jahre nach Achtundsechzig, bin ich selber Kunsterzieher, natürlich nicht einer, der sich von den Domen, Schlössern und anderen Prachtbauten zur berufsbedingten Bewunderung hinreißen lässt; in Fahrt gerate ich immer dann, wenn ich etwas Verklumptes auseinandernehmen kann, unter anderem die sogenannten Sehenswürdigkeiten. Ist denn dieser Aufwand, so frage ich mich heute noch, zu etwas Anderem da als den Damen des Hofes Seufzer der Bewunderung zu entlocken und ausländischen Diplomaten Respekt einzuflößen?

Das Auseinandernehmen ist Methode meines Zuganges zur Kunst geworden; ich kann mir keine andere Art der Begeisterung vorstellen als die für die Befreiung des Blickes von Schaugewohnheiten, die eine inzwischen verschwundene Adelsschicht entwickelt hat.

Mit solchen Ereiferungen, die im Grunde Luftstreiche gegen meine ehemaligen Beengungen sind, treffe ich auf eine kaum noch an Unfreiheit und Unterdrückung leidende Generation. Kann ich für meinen Teil es noch sehen und beim Namen nennen, was mich bedrückt hat, so dass es möglich ist, sich dagegen aufzubäumen, so sieht die nächste Generation kaum noch, in welche Richtung sie ihre Kräfte mobilisieren sollte. Jedenfalls beschmunzeln manche Schüler meine Ereiferungen; als ein Spiegelkämpfer, der genau dorthin sticht, wo anno dazumal das Böse sein Unwesen getrieben hat, mag ich vor ihnen auf der Lehrerbühne herum hampeln, ohne dass sie mit meinem Zugang zur Kunstgeschichte etwas anzufangen wissen, so wie umgekehrt ich mir ihr unbeteiligtes Dasitzen nicht erklären kann.

Wien-Woche mit zwei Hauptschulklassen. Diszipliniert und ergeben, wie man es von ländlichen Klassen gewöhnt ist, folgen die Vierzehnjährigen dem eloquenten Führer von Sehenswürdigkeit zu Sehenswürdigkeit. Knapp vor Mittag stehen wir in der Schatzkammer. Neben den kunsthistorischen Erläuterungen zu den Prunkgegenständen her höre ich es schon in mehreren Bäuchen rumoren.

Beendeter Ausführungen fragt der Führer wie üblich, ob es noch Fragen zu den Exponaten gäbe.

Keinerlei Reaktion, fast peinlich.

Da geht zur Erleichterung für uns Begleitlehrer doch eine Schülerhand in die Höhe: Wie viel wohl die Krone da wert sei.

Der nette Herr muss schmunzeln, weil er versteht, dass der Vierzehnjährige des Kaisers kuriose Kopfbedeckung in das Wertsystem übersetzt haben möchte, das auch draußen auf dem Lande seine Gültigkeit hat.

Einen Moment lang hat man sie förmlich vor Augen, die auf kraftdröhnenden Traktoren über die Äcker auf und ab ratternden Agrarier, die sich längst nicht mehr Bauern nennen, sondern Landwirtschaftliche Produktionstechniker. Vermutlich möchte der aufgeweckte Fragesteller den Seinen zu Hause etwas Konkretes, gut Vorstellbares mitbringen, etwas, was man in Relation zu Traktoren und Grundstücken setzen kann.

So aber, weil der ansonsten wohlinformierte Führer den Wert des Prunkstücks nicht beziffern kann, verlassen die Schüler, ohne etwas Nennenswertes verstanden zu haben, die Schatzkammer, im Gedanken bereits beim bevorstehenden Mittagessen.

Die 4b ist keine angenehme Klasse. Dass sie sich einigermaßen im Rahmen des Tolerierbaren hält, verdankt der Direktor seinem kompromisslosesten Lehrer, den er in Kenntnis der Lage zum Klassenvorstand bestellt hat. Und der zeigt den Jungspunds von Anfang an, was sie in seinen Augen sind: Blindgänger, Strohköpfe und Gimpel, die es nie zu etwas bringen werden.

Einmal aber, beim Fußballturnier aller vierten Klassen des Bezirkes, zeigen sie, dass sie es, wenn schon nicht im Kopf, dann immerhin in den Beinen haben. Nach einem Sieg und zwei Unentschieden folgt eine längere Pause, in der die Schiedsrichter sich über die Reihung beraten. Dann verkündet der Platzsprecher durch das Megaphon: Dank der besseren Tordifferenz habe diesmal eine Klasse gesiegt, von der er persönlich es nicht erwartet habe: die 4b der hiesigen Hauptschule.

Einen Moment lang stutzen die Aufgerufenen, starren einander ungläubig in die groß gewordenen Augen, die jetzt wild zu flackern beginnen; aus hässlich aufgerissenen Mäulern fahren Schreie aus, misstönendes Grölen, das an die Todesschreie von Schweinen erinnert, greller, unartikulierter Lautunflat. Wie irre stoßen und schleudern sie sich gegenseitig zu Boden, werfen sich kreuz und quer übereinander, .einer reißt Gras aus und schmeißt es in die Luft...

Jubel ist das keiner! Es ist lediglich ein Ventil aufgesprungen, durch das das bisher Unterdrückte von tief unten heraus geschleudert wird.

Weil der 10. Oktober in Kärnten schulfrei ist, stieben die Pädagogen wie aufgescheuchte Hühner , zwischen die der Geier hineingefahren ist, nach allen Seiten auseinander, fliehen wild davon, weg, nur einmal weg, nicht so wichtig wohin. Die meisten springen über die Grenzberge nach Süden, von wo sie, um die Flucht zu rechtfertigen, blöde Handtaschen und zu Hause nicht mehr passende Schuhe mitbringen. Einer der Familiären flieht kopflos über die Sau- und Koralpe hin nach Graz auf Verwandtenbesuch und weil es das nicht sein kann, verdrückt er im Schnitzelhaus das größte Schnitzel seines Lebens. Den bulligen Sportlehrer, dessen Korpus Gott eigentlich für den Holzschlag ausgestattet hatte, zieht es in den Eigenwald, wo er seine überschüssigen Kräfte auf Buchenstämme anwendet.

Keinen der Lehrer erreicht man an diesem Tag am Haustelefon; so groß ist ihr Graus vor der Schule.

Eine Journalistin hat mich einmal gefragt, wie ich mich fühlen würde, wenn ich heute, nach mehr als einem halben Jahrhundert vor dem Gebäude jenes Priesterseminars stehe, in dem ich die Zeit zwischen dem dreizehnten und zwanzigsten Lebensjahr verbracht habe. *Schwer zu sagen*, habe ich passen müssen und nach eine Pause doch etwas zu sagen versucht: *Wahrscheinlich ziemlich verwirrt von dem, was gleichzeitig und aus mehreren Richtungen her auf mich eindringt.*

Ich kenne die Zwänge des Journalismus und weiß: Einfache Aussagen wie, dass ich mit Zorn an jene Jahre zurück denke oder mit Dankbarkeit, wären für die Zeitung brauchbarer. Weil mir die Angelegenheit aber selber nicht klar ist, werde ich eben wieder einmal hin fahren, wie wohl auch andere Zöglinge von Zeit zu Zeit den Ort ihrer Prägung aufsuchen und dort so merkwürdig unbeholfen über das Gemäuer hinauf schauen.

Meine ersten und ältesten Eindrücke davon gehen, wie ich mich erinnere, auf den Tag der Aufnahmeprüfung zurück. Bald nachdem ich, begleitet von unserem Ortspfarrer, im Glantalboden aus dem Zug gestiegen bin, erscheint das Gebäude, von dem in meiner Familie stets im Ton von großer Ehrfurcht die Rede gegangen ist: als gelblich flimmernde, langgestreckte Fassade auf der Anhöhe einer Geländekuppe. Entrückt und wie aus einer anderen Welt schaut es über die agraren Bestände zu seinen Füßen hinweg in den Himmel über den fernen Grenzbergen, schaut natürlich auch über mich eingeschüchtertes Bürschchen hinweg, das sich auf Gedeih und Verderben ihm anvertraut.

Genau besehen habe ich also, als ich ein halbes Jahrhundert später mich aus dem Auto bücke, mehrere Gebäude aus verschiedenen Zeitschichten vor mir, nicht nur die schaudern machende Gottesburg von damals, auf die zu ich als Zwölfjähriger mit schweren Koffern aber erwartungsfroh hügelan gestapft bin und die hochauf ragende Klosterfassade im Vordergrund, in deren räumlicher Nähe ich mich befinde, sondern unzählige kurz aufblitzende Zwischenschichten, zu verschwommen allesamt, als dass ich mit klaren Sätzen darüber reden könnte.

Da springt es mich auch schon an, von allen Seiten her, am heftigsten von jenem Doppelfenster im ersten Stockwerk, hinter dessen Vorhängen die über Sein und Nichtsein entscheidende Instanz residiert, der Direktor der Anstalt. Als Person unnahbar, schaut er herab auf das Gewimmel vornehmlich bäuerlicher Zöglinge, die erwartungsvoll aus allen Teilen des Landes hierher gekommen sind. Er wird sie auf ihre Eignung für die Priesterlaufbahn hin beobachten und mit sicherem Blick die schwarzen Schafe von den weißen trennen. Ich bin in seinen Augen wahrscheinlich ein scheckiges, zumindest ein vermutztes, das man vielleicht reinigen kann.

Gemildert erscheint die bedrohliche Atmosphäre, die von diesem Fenster ausgeht, bereits im östlich daran anschließenden Fenster, hinter dem die blutjunge Nonne N. die anfallenden Kanzleiarbeiten erledigt. Im seltenen Fall, dass sie uns Burschen auf einem der Gänge begegnet, schlägt sie schon von Weitem die Augen nieder und entschwebt mit leichtem Erröten in Richtung Direktionskanzlei.

Einige Fenster weiter die Kanzleien der Präfekten, die uns mit wachsamem Auge auf dem Weg zu unserer Bestimmung verfolgen. Vermutlich selber noch ankämpfend gegen die Zweifel an ihrer eigenen Berufung, vielleicht auch gegen die Anfechtungen des Fleisches und die Angst, ihrer hohen Berufung nicht würdig zu sein, vertiefen sie sich in jeder freien Minute ins Brevier. Leider sei ich ein verlorener Sohn, geben sie mir von oben herab zu verstehen und wenden die Augen wieder dem Buch mit dem Goldschnitt zu.

Meinen Blick zieht es ohnehin längst in den weiter östlich gelegenen Kellertrakt hinab, jawohl hinab, vor allem im moralischen Sinne, nämlich zu den vergitterten Fenstern, hinter denen die Küchenmädchen ihre freien Stunden und die Nächte verbringen. Dorthin lassen wir Septimaner vom darüber liegenden Studiersaal aus an Schnüren Briefchen hinab, schwenken sie vor den Gittern hin und her und bekommen auf demselben Wege tatsächlich Antwort: rosafarbene Kuverts mit wunderbar verschnörkelten Anfangsbuchstaben: eine Labsal für unsere vertrockneten Seelen, eine Ungeheuerlichkeit jedoch, wie uns erst später bewusst gemacht wird, vor dem Einen, zu dessen Dienst wir berufen sind.

Der thront in der hohen Halle am anderen Ende des Traktes. Nach außen zeigt er seine Herrschaft in einer hohen, aus düsteren Sandsteinblöcken errichteten Fassade, die aus dem übrigen Komplex räumlich wie auch farblich hervortritt. Von ihrem Giebelfeld strahlt ein aus unzähligen vergoldeten Steinchen schimmerndes Mosaik hinab gegen das Zollfeld mit seinen gottlosen Großbauern und deren Töchtern, die nicht ohne verderbliche Gedanken hinter den Reihen der Zöglinge dem sonntäglichen Gottesdienst beizuwohnen pflegen.

Eine Geländestufe unterhalb des Vorplatzes erstreckt sich der Fußballplatz, eine Ebene, in der alle Vorgänge abseits von Frömmigkeit und Weisheit ablaufen. Im Unterschieds zu den um Vertrauen werbenden Erziehern habe ich zur geflickten Lederwuchtel ein unkompliziertes Verhältnis, obwohl sie mich von Anfang an als plumpen, dauernd daneben hauenden Bauerntölpel bloßstellt, der sie nur hin und wieder kurz berühren darf und schon kollert sie einem anderen, der schon länger auf gutem Fuß mit ihr steht, vor die Schuhspitze. Später gibt sie mir zu verstehen, dass ich doch einiges gelernt hätte, wenn sie mir auch niemals so ergeben sein wird wie den wieselflinken Bürschchen städtischen Herkunft, denen sie wie ein wohlerzogenes Hündchen immer nahe bei Fuß bleibt.

Ich weiß nicht, wie lange ich bewegungslos auf dem Platz vor der Fassade gestanden bin und mich dem überlassen habe, was aus verschiedenen zeitlichen Schichten auf mich eingedrungen ist. Im Physischen äußern sich die Vorgänge als eine Art Elektrisieren. Falls jemand mich dabei beobachtet haben sollte, so dürfte er den Eindruck gewonnen haben, dass da wieder einmal einer der sentimentalen Zöglingen den Ort seiner Jugendjahre aufgesucht hat, ziemlich dumm auf dem Vorplatz herumsteht und nicht recht weiß, wie er reagieren soll .

Aus Abgrundtiefen ruf ich Herr zu dir, oh Herr, erhör mein Flehen! Verlangend nach dem Haus des Herrn verzehrt sich meine Seele. So klangvolle, poetisch starke Worte gab es zur Zeit meiner Kindheit lediglich im Rahmen der kirchlichen Feierlichkeiten; außerhalb davon zerfiel die Welt wieder in die bekannten Banalitäten.

Dieselben Texte, die mir einst durch Mark und Bein gegangen sind, haben für mich inzwischen ihre Schauder verloren, wohl weil ich nicht mehr wie damals gezwungen bin, ohne Frühstück im Halbdunkel vom Berg in die Dorfkirche hinab zu eilen, dort unter Frösteln auf dem Holz der Kniebank auszuharren und bedrückt von der Schuld, die die obligaten Reuegebete mir zugeschoben hatten, den Leib meines Schöpfers und Erlösers zu empfangen, was weitere, ins Unüberschaubare gehende Schuldgefühle nach sich zog, insbesondere weil ich die Anwesenheit Gottes auf meiner Zunge nicht wahrzunehmen und mich nicht zu freuen vermochte. Die Summe der Versuche, den an mich gestellten Anforderungen zu genügen, hatte zu einem mich zittern machenden, mich schier erdrückenden Gott geführt.

Mit der Zeit schien der jedoch sich eines anderen zu besinnen und wurde um und um nachsichtiger; schon lange zittere ich nicht mehr vor ihm. Begleite ich meine Frau zum Sonntagsgottesdienst, zürnt er mir nicht mehr, wenn ich beim allgemeinen Gang zur Kommunion als einer der wenigen in den Bänken zurück bleibe. Verständnis zeigt er inzwischen auch dafür, dass die Empfänger seines Leibes vorher bereits gefrühstückt haben. Schon gut, ich verstehe, gibt er klein bei und verübelt es ihnen nicht, dass sie neuerdings durch die Installation einer Kirchenheizung so viel Aufhebens um das Wohlgefühl ihre Gesäße machen. Sie machen überhaupt mit ihm, was sie wollen und er, der Unsichtbare und Langmütige, muss sich fügen. Statt mit einer tiefen Kniebeuge verabschieden sie sich mit einem schäbigen Knicks aus seinem Hause. Nach ein paar netten Wortwechseln auf der Kirchgasse wieder zu Hause angelangt, hängen sie ihn zugleich mit ihrem Sonntagsgewand an den Nagel.

Um uns im Fluss des Geschehens und der wechselnden Wirklichkeiten soweit zu orientieren, dass wir uns über Wasser halten, machen wir uns Bilder, so etwa vom Ursprung der Welt, am besten vorstellbar in personalisierter Form: als Gott. Malt man ihn auf Leinwand fest oder schreibt ihn in einem Katechismus nieder, so kann er wie ein handliches Gerät auf vielfältige Weise gebraucht werden, nicht zuletzt als Waffe zur Bekämpfung von Andersdenkenden. Die Bilder der Religions- und Kunstgeschichte müssten, so meine ich, als notdürftige Erfassungsversuche und nicht als die Wirklichkeit verstanden werden; die im Firniss stecken gebliebene Gottesvorstellungen dürfen nicht, wie seinerzeit von den Bilderstürmern gefordert, verehrt und angebetet werden.

Jede Schrift macht einen Schlussstrich unter eine nach außen hin unbegrenzte, weiterhin in Bewegung befindliche Geschichte. Der Vorteil der Festschreibung besteht darin, dass die Geschichte dadurch fassbar wird, ihre Buchstaben und Wörter freilich nur.

Die Bibel, den Koran wie auch ideologische Schriften wörtlich nehmen vor allem diejenigen, die mit ihrer Vorstellungskraft nicht weiter kommen als bis zur Druckerschwärze. Weil sie jedoch spüren, dass das nicht alles sein kann, nehmen sie diese umso wörtlicher. Solche Schriftanbeter erst sind in der Lage, im Namen der Schriften nicht fügsame Köpfe abzuschlagen und auf diese Weise die Lehre zu reinigen.

Einem, dem es an nichts fehlt, dürfte es nicht schwer fallen, tugendhaft zu sein, also nicht zu stehlen, zu lügen, zu betrügen und Gewalt anzuwenden; auch dass er mit den Notleidenden teilt, ist im Grunde ein Verhalten, das innerhalb des Geflechts des Organischen so selbstverständlich sein sollte wie Luft aus den Hochdruckzonen in die mit Tiefdruck strömt. Deshalb muss man es auch nicht als Edelmut hervor streichen, wenn einer, dem die Gunst des Schicksals einen Überfluss an Gütern beschert hat, etwas davon an die Notleidenden abgibt, wie es beispielsweise von der thüringische Landgräfin Elisabeth gerühmt wird, die ihren Mägden befahl, Körbe voll Brot vor die Mauern der Stadt zu bringen, allwo sie es unter den Armen verteilte.

Durch die Jahrhunderte herauf haben die Wohlsituierten von ihren Untertanen die gleiche Güte, Friedensliebe, Anständigkeit und Ehrlichkeit verlangt, wie sie sich in ihren Kreisen eingespielt hatten. Bei Abweichungen davon wurde derjenige, der sich der eigenen Situation gemäß verhalten hatte, etwa ein Keuschler mit zehn Kindern, der ein paar Karpfen aus dem Klosterteich gestohlen hatte, schuldig gesprochen. Mussten er nicht, um sich und die Seinen ernähren zu können, bisweilen auch lügen, stehlen und Gewalt anwenden? Gut und schön wie das Verhalten Elisabeths sah das der Unbemittelten gewiss nicht aus, blieben sie doch den Maximen der Wohlversorgten gegenüber vieles schuldig, indes diese sich im Anschein sonnen konnten, edlere Charaktere zu sein.

Am Abend des 23. Dezember waschen die Maurer die Kellen ab und legen sie zu den anderen Werkzeugen, die Kraftfahrer stellen ihre Fahrzeuge in die Garagen, die Buchhalter räumen ihre Schreibtische auf und gehen nach Hause.

Aus für ein paar Tage!

Aber was ist das? Etwas Unangenehmes greift um sich: die Leere.

Vor sie hin tritt nun der Magier, streckt die Arme aus und vollführt damit allerlei bedeutsame Gesten. Von Angelegenheiten des Herzens kündeten sie, sind sich die mit Herzenswärme Gesegneten sicher; weg vom Boden des schnöden Broterwerbs und hin zu den Sternen hätte der Magier ihre Blicke gewiesen, meinen diejenigen, die mit irdischen Boden nicht ganz zurecht kommen.

Was immer es sei: Auf diese Leerstelle hin reinigen nun die Reinigungsfrauen, organisieren die Organisatoren, musizieren die Musiker und wörteln die Wortmächtigen; das Glitzern auf Tannenbäumen weist in dieselbe Richtung und die Gesamtheit der Vorkehrungen bildet eine neue Stofflichkeit, bestehend unter anderem aus herzförmigen Lebkuchen und sternförmigen Keksen.

Wer sich in der dritten Dimension niedergelassen hat, hat es in vieler Hinsicht leichter als die Ortlosen. In jeder Art von Notlagen findet er entsprechende Auswege: der eine führt zum Arzt, der andere zum Rechtsanwalt, wieder ein anderer zum Arbeitsamt. Lauter mit Beinen zu bewältigende Probleme, die am Ort der Ankunft gelöst werden. Oder auch nicht, was immerhin noch besser ist als Ausweglosigkeit. Die gesamte Erdoberfläche ist überzogen von einem Geflecht solcher Aus - und Zuwege .

Über die Adressen fachlicher Helfer hinaus versprechen auch andere Punkte innerhalb der geographischen Ebene den Bedrängten Hilfe : die Wallfahrtsorte, von denen fast jedes Tal einen sein Eigen nennt. Der Hilfesuchende muss nur die Schritte in diese Richtung lenken oder sich in ein Fahrzeug setzen, damit neue Hoffnungen aufkommen.

Trotzdem kann es dem Pilger geschehen, dass nach der Rückkehr in seine verfahrenen Verhältnisse diese sich aufs neue schwer auf seine Schultern legen. Wohlan, es gibt noch andere, hilfreichere Heiligtümer im Lande! Das taleigene tut es vielleicht in Fällen kleinerer Kümmernisse, der schwer Bedrückte benötigt einen nur unter äußersten Anstrengungen, Fußschmerzen und Witterungsunbill zu erreichenden weiter entfernten Gnadenort. Falls nach der Heimkehr dem Pilger aber, wie wenn sich nichts geändert hätte, die unabwendbaren Fakten sich ihm erneut auf die Schultern legen, so ist der noch immer nicht am Ende. Mittlerweile gibt es nämlich weit über die Landesgrenzen hinaus führende Wallfahrtsrouten, auf denen der vertrauensvolle Gläubige sich so sehr verausgaben kann, dass er für Zeit des Unterwegsseins vergisst, warum er sich auf den Weg gemacht hat.

Wie ein Mythos entsteht, lässt sich anhand der fünf Buchstaben J, E, S, U, S zeigen, in die das christliche Abendland alles Friedfertige, Gütige und Weise hat einfließen lassen. Was an historisch bezeugten Fakten vorhanden ist - und es ist glücklicher Weise wenig – spielt eine untergeordnete Rolle. Die jedem Glaubensbereiten zugewandte Gestalt besteht ja aus Projektionen, Erwartungen und Wunschvorstellungen. Sie kann sich unserer schwerfälligen Auffassung auch nicht durch Elevation und Himmelfahrt entziehen, denn wir haben sie mit fünf Buchstaben festgenagelt und können deshalb jederzeit mit ihr in Verbindung treten.

Unbeirrt von den Zumutungen diverser Dogmen erfreut sich die katholische Kirche seit zwei Jahrtausenden einer erstaunlich großen und begeisterungsfähigen Anhängerschaft. Warum, so frage ich mich, ergibt sich in den weniger hierarchisch organisierten Glaubensgemeinschaften nicht ein ähnlich begeistertes Zusammenströmen, Jubeln und eine Hochstimmung wie auf dem Petersplatz in Rom anlässlich der Papstwahl, zu der die Glaubensbereiten von weit herbei reisen in der Hoffnung, dem Höchsten, was ein Sterblicher je zu Gesicht bekommen kann, dem Vertreter Gottes, nahe zu kommen. Was für eine aus allen Fugen geratende, die Massen erfassende Begeisterung dann, wenn nach langem, zermürbenden Warten der Gekürte mit triumphal emporgestreckten Armen, (löbliche Ausnahme: Papst Franziskus) sich auf dem Balkon zeigt. Der Jubel schwillt zur Ekstase an, ein dichtes Gewimmel von Armen wird verzückt nach oben geworfen, da und dort fließen Tränen. Der Anblick des in Weiß sich zeigenden Greises ist reichlich Lohn für die Mühsal der weiten Anreise und das zermürbende Warten.

Zufrieden kehren die Pilger nach Hause zurück.

Neben anderen magischen Kräften nützt der Katholizismus die elementare Kraft des Aufschauens, die eine Vorstufe des Hinaufwollens ist, eines Dranges, wie er den gesamten Daseinskampf bestimmt. Der theologische

Laie schaut zu seinem Hochwürden auf, dieser zu den nächsthöheren Würdenträgern bis hinauf, wo nach langem Aufstiegskampf eine Lichtgestalt siegreich die Arme gegen Himmel streckt, wobei alle Augen und Arme Auswüchse des Dranges sind, der auch die Pflanzen dem Licht zu zieht.

Wer seinen Trieb nach oben nicht mit Augen und Armen befriedigen will und sich das reflexartige Aufschauen zu Würdenträgern und Obrigkeiten aller Art verbietet, dessen Aufwärtsstreben kann auch mit den Beinen befriedigt werden: in den Bergen. Was für ein Leuchten dann in den Augen derer, die tatsächlich auf dem höchsten Punkt er Umgebung angelangt sind und im Gefühl, ganz oben zu sein, zurück blicken auf das Elend derer, die es in keiner Weise nach oben geschafft haben.

Auffällig auch das Bestreben, in erhobener Lage zu wohnen, was meist denen vorbehalten ist, die es bereits in punkto Stand und Ansehen nach oben geschafft haben: den Eigentümern entrückt gelegener Villen etwa oder den auf natürlichen Erhebungen thronenden Schloss- und Burgherrn.

Zu solcher Erhobenheit schauen die unten Angesiedelten zeitlebens auf besondere Weise auf: manche mit Neid und Missgunst, andere aber, die sich mit ihrer Lage abgefunden haben, erfreut und beglückt, dass sie anlässlich einer Burgbesichtigung am Hohen und Erhabenen teilhaben durften, indem der Burgherrn ihnen die Hand reichte.

Die Verherrlichung der Sieger war immer eine Verherrlichung ihrer selbst; die unter die Räder Gekommenen hatten sich in die von den Siegern geschaffenen Verhältnisse zu fügen. An den Siegesgefühlen Anteil erlangen konnten sie trotzdem, nämlich indem sie in die Gesänge der soeben Triumphierenden einstimmten und die Sieger als Inkarnation ihrer eigenen Siegeswünsche feierten.

Am Anfang ist weder das Wort noch das Chaos, sondern ein stummes Gegenüber. Der sich davon abhebende, ex - sistierenden Mensch macht sich ein Bild von seiner Lage und unterscheidet, um überleben zu können, in erster Linie das ihm Zuträgliche vom Abträglichen, also das Gute vom Bösen. Diesen Gegensatz personalisiert er sogleich: als Gott und Teufel. Im selben Zuge beseelt er die einzelnen Naturgewalten wie Sturm, Meer, Feuer, Erde; er sieht in ihnen Götter. Dadurch nimmt er der Welt ihre Teilnahmslosigkeit, denn im Unterschied zu den rohen Elementen kann er ihre vermenschlichte Form durch Gebet und Opfer zu seinen Gunsten beeinflussen; zumindest darf er es erhoffen.

Der vorchristliche Himmel ist bevölkert von unzähligen Göttern, weshalb der zu ihnen Aufschauende innerlich zerrissen und unsicher ist. An wen soll er sich wenden?

Der Zug zum Eindimensionalen bringt die Lösung: So wie die Wahrnehmung aus Tausenden von Bäumen und Büschen etwas Einfaches macht, einen Wald, zieht sie auch das Gewimmel der Götter zu einem einzigen Gott zusammen, historisch betrachtet: der Monotheismus überwindet der Polytheismus. Wobei sich immer noch Heilige, Helden und Stars als letzte Spuren der Vielgötterei halten. Inzwischen haben Philosophie und Wissenschaft das Göttliche weitgehend verdrängt, das Heilige ist aus Pflanzen, Tieren und selbst dem Menschen verscheucht.

Zurück bleibt der entseelte, durch Zahlen gelenkte Mensch.

Nach einer Gesang- und Tanzdarbietung der berühmten Don-Kosaken frage ich einen von ihnen, ob er denn, da er doch hauptsächlich geistliche Lieder gesungen habe, auch ein gottgläubiger Mensch sei. Der Angesprochene, ein Athlet, dessen hohe Sprünge bei den Tänzen ich besonders bewundert habe, antwortet nach einigem Überlegen: *Während ich singe und tanze, glaube ich. Nachher bin ich wieder Atheist.*

Habt keine Angst, habt keine Angst, heißt es immer wieder in der Bibel. Auf der Wirkung solcher Wiederholungen beruht auch das Hilfreiche des Rosenkranzgebets mit seinen streng geregelten und gut überschaubaren Abfolgen. Die einfache Ordnung wirkt beruhigend und schützt so vor der stets drohenden Überforderung der Sinne.

Eine Anrufung aus der Marien-Litanei:
Maria, Siegerin in allen Schlachten.
Heißt das nicht, dass Maria stets auf der Seite derer sein möge, die siegen, also beim gegenseitigen Abschlachten von Menschen sich als erfolgreicher erweisen.

Auch wenn *schlachten* als *unblutiges Kämpfen* verstanden werden kann, sollte man die Angerufene eher darum bitten, dass sie anstatt den Siegern den Verlierern beistehen möge.

Früher, in ausschließlich christlich geprägter Zeit, ragten die Kirchtürme wie Zeigefinger gen Himmel. Inzwischen hat der dort vermutete Gott seine Allmacht und Güte an irdische Instanzen abgegeben. Scheints überdrüssig des ständigen Geflennes der Beter hat er sich in unerreichbare Sphären zurückgezogen.
Seither sehen die Türme aus wie emporgestreckte Mittelfinger .

Zufolge langjähriger Bekanntschaft mit Familien beider christlicher

Konfessionen meine ich, evangelische Kekse von katholischen unterscheiden zu können.

Wenn uns Zöglingen eines Priesterseminars zu Allerheiligen Exerzitien verordnet wurden, also drei Tage lang Schweigen, so stand dahinter die Annahme, dass nach dem Abstreifen des Sprachschmutzes reiner Katholizismus übrig bleiben würde.

Lange hat Gott in seiner Nachsicht zugesehen, wie der Lüstling N. ungeachtet des göttlichen Gebotes der Keuschheit die lebenspendenden Säfte seiner Lenden ungenützt verspritzt hat. Als der im vorgerückten Alter noch immer nicht zur Umkehr bereit ist, reißt selbst dem Allgütigen die Geduld und er gibt ihm zu verstehen:: *Von nun an wird zurück gespritzt: mit Insulin.*

In Franz Grillparzers Lustspiel „Weh dem, der lügt" beginnt der Bischof Gregor, ein Vertreter abendländischer Werte, seine Predigt wie folgt:

Dein Wort soll aber sein:Ja, ja; nein, nein.

Seit ich diese Aufforderung zur strikten Ur-Teilung erstmals gelesen habe, geht sie mir nach, weil dort, wohin es mich als Schreibender hinzieht, gibt es weder Ja noch Nein. Dort unten finde ich ein unentwirrbares Für und Wieder, ein Sowohl als auch, ein Allenfalls, Vielleicht und unter Umständen. Das Ja und Nein, scheint mir, sind Keile, die die auf Vorteil Bedachten in das heile Ganze hineingetrieben haben, um das Brauchbare vom Unbrauchbaren zu trennen.

Von der Vermeidung eines harten Nein habe ich erstmals in einem Radioreport über China gehört. Darin hat ein europäischer Geschäftsmann berichtet, dass Chinesen, wenn sie etwas ablehnen, niemals nein sagen, sondern nur unverständliche Worte vor sich hin brummeln, so lange, bis das Gespräch wieder einen anderen Verlauf nimmt.

Matura-Ball im großen Stadtsaal. Einige behäbig und mit geröteten Gesichtern, andere steifbeinig Takt suchend, wieder andere ihre Pflichttänzchen hinter sich bringend wirbeln die Tanzpaare an mir vorüber, der ich in einem Winkel des Saales bei einem Glas lau gewordenen Sekts meine Verbundenheit mit der Schule bekunde. Vorne auf der Bühne treibt eine Gruppe junger Musiker die Tänzer an: die Band der Militärmusik. Für mein Gefühl mehr Militär als Musik. Das betont Zackige der Polkas und der Mangel an Schmelz in den langsamen, eng zu tanzenden Stücken führt mir vor Augen und Ohren: den diametralen Gegensatz zur Musik bildet das Militär. Während die Musik sich nämlich nach ihr immanenten Gesetzen entfaltet, gehört es zum Um und Auf der Uniformierten, dass sie die Eigengesetzlichkeit hintanstellen, um sich von übergeordneter Stelle aus lenken zu lassen.

Im selben Zuge, wie das Militär den Einzelnen zum Instrument degradiert, degradiert es auch die Musik zur Marschmusik und teilt sie zur Taktgeberin des Marschierens ein. Als Marschmusik wirkt sie denn auch am überzeugendsten. Konzerte und Tanzmusik sind lediglich Versuche, vom Wesen des Militärischen abzulenken. Dabei erinnert die Präzision der Darbietungen merklich an strikte Befehlsausführung, wenn in dem Fall auch nur an den strikten Vollzug der Partitur.

So spricht der Künstler: Ich bin Künstler, denn das Finanzamt hat mich, indem es mir einen niedrigeren Steuersatz als den Hobbykünstlern gewährt, amtlich als Künstler anerkannt. Dank dieser Beglaubigung bleibt das Holz, das ich bearbeite, nicht länger Holz, der Stein liegt nicht langer als stumpfsinniger Brocken da, sondern gestikuliert und deutet, die Farbpasten gehen nach der Verwendung durch mich in Staunen und Bewunderung auf. Jeder in weitem Umkreis, der meiner ansichtig wird, wird demnach denken: Ah, das ist der, der die kuriosen Gebilde verfertigt, die immerzu deuten, ohne dass ich als Kunstbanause sehen kann, worauf hin sie deuten.

Gewiss, nicht erfreulich für euch, Leute, aber das muss nun einmal so sein, denn das ist das Kennzeichen von Kunst, dass sie mit dem alltäglichen Denken nicht erfasst werden kann. Über ein paar Ecken herum landet das Unverständliche ohnehin wieder im Verständlichen: im Monetären, wo es zur allgemeinen Erleichterung in Relation zu Staubsaugern und Schiausrüstungen gesetzt werden kann.

Unter uns gesagt: Ich selber fühle mich über weite Strecken wie ein vertrockneter Baumstrunk! Von der rings um mich fortwirkenden Schöpfung links liegen gelassen, stehe ich die längste Zeit zwischen den nach Bedeutung verlangenden Blöcken aus Lindenholz und Marmor.

Heute ist es wieder einmal soweit! Es tut sich nichts in mir. Seis drum. Haue ich eben mit der Faust in einen Patzen Ton hinein, der dann - seht das Ergebnis nur aufmerksam an - über die verschiedenen Vertiefungen und Rillen hin einen Abdruck meiner Lage darstellt.

Ein andermal verrühre ich ein paar auf die Leinwand gequetschte Farbpasten, wie sie gerade in Reichweite liegen, zu einer schmutzig grauen Turbulenz, schwer anzusehen in dieser Formlosigkeit. Mit meinem Instinkt für Wirkungen setze ich dem kurzerhand etwas Positives entgegen: eine Sonne im rechten oberen Eck des Bildes. Mit Goldspray. Pah, jetzt hat die Sache Spannung, hat Dramatik! Eine abgründige Seelenlandschaft könnte man darin sehen, ein von tief unten an die Oberfläche geschleudertes Stück Urgeschehen, schrecklich wie der Anfang der Welt! Schaut nur:Je tiefer es den Betrachter in seine eigenen Abgründe hinab zu ziehen droht, umso befreiender und erhebender wirkt das Gold der Sonne.

Tatsächlich verweilt bei der Vernissage ein Ehepaar, es ist der sich stets kunstsinnig gebende Parteifunktionär mit seiner Gemahlin, auffällig lange und mit schräg geneigten Köpfen vor dieser Komposition. Ein Hoffnung spendendes Motiv fürwahr, wie da das Licht sich den Mächten der Finsternis entwindet und siegt.

Nach einer Weile schaut die Frau den Mann mit glänzenden Augen an.

Der versteht und nickt.

Wenige Tage später hängt das Bild im repräsentativen Wohnzimmer der zwei kunstsinnigen Leute.

Mag sein, dass der etwas verloren wirkende Alte auf seinem Gebiet, der Erforschung der lokalen Geschichte, es in Historiker - Kreisen zu einigem Ansehen gebracht hat. Das lässt auch seine Verwandtschaft gelten; immerhin schützt ihn die Beschäftigung mit Büchern und alten Schriften vor dem Abdriften in die Verdrießlichkeiten des Alters.

Seine Geschwister stört an ihm nur eines: die Vernachlässigung seines Äußeren, womit er nicht nur sein eigenes Ansehen, sondern auch das der gesamten Sippe in ein ungünstiges Licht zieht. Denn hast du nicht gesehen, wie die Schulkinder ohne zu grüßen links und rechts an ihm vorbei stürmen: als ob es sich um eine Schneestange handelte!

Zu seinem runden Geburtstag schenken seine zwei Schwestern ihm diesmal nicht wieder Bücher, sondern - erraten - einen Anzug, einen dunklen, nicht knitternden. Damit flehen sie ihn kleidersprachlich an, er möge doch endlich die unseligen Gebiete seines Forschens verlassen und dorthin kommen, wo er verstanden und anerkannt werden kann.

He, Obernosterer, alte, windschiefe Hütte, gibt's dich auch noch? reißt mich eine Stimme aus meinem Trott unterwegs zum Dritte-Welt-Laden .

Was machst du die ganze Zeit?

Ich muss zweimal hinsehen, bevor ich ihn erkenne, den N.aus der Gymnasialzeit, dessen markantestes Merkmal sein Nasenhöcker war, der sich inzwischen jedoch in eine von Wohlstand zeugende Mittelgebirgslandschaft geduckt hat.

Hm, nicht viel, höre ich mich sagen. Eigentlich immer dasselbe:schreiben.

Und was wird's diesmal, wieder so kurze Sachen?

Ich zucke verlegen die Achseln.

Von denen hast du aber schon ziemlich viele. Du solltest einmal was anderes probieren, einen Roman zum Beispiel. Das tät die Leute interessieren.

Naja, das kann schon sein, muss ich zugeben. *Aber für* einen Roman fehlt mir der lange Atem - und sonst noch einiges.

Und was machst du die ganze Zeit? lenke ich ab.

N. grinst: Leben, einfach leben, möglichst gut leben.

Das machst du aber auch schon ziemlich lang, gebe ich zu bedenken, du solltest auch einmal etwas anderes machen.

Den größten Teil dessen, was ich zu sagen habe, habe ich inzwischen im Trockenen, nämlich in Büchern verstaut. Vieles davon ist meinem Gedächtnis mittlerweile wieder entglitten, einiges allerdings will noch festgehalten werden. Das spüre ich jetzt wieder, wo es mich von einer lebhaften Tischgesellschaft weg getrieben hat, hinauf ins Schreibzimmer.

Von seinen ersten Regungen an hat der Schreibzwang von mir verlangt, dass ich ihm den unbedingten Vorrang gegenüber persönlichen und gesellschaftlichen Belangen einräume. Für einen umsichtig sorgenden Familienvater und aufmerksamen Ehemann blieb da nicht viel übrig; den beruflichen Erfordernissen habe ich nur das unbedingt Notwendige in den

Rachen geschmissen, damit ich dafür ungestört zu Papier bringen konnte, was ihm, dem Schreibzwang, wichtig war.

Von dem aus, was übrig geblieben ist, muss ich konstatieren: Ein Tyrann und Menschenverächter war dieser Zwang; einen Deut hat er sich um die sogenannten menschlichen Angelegenheiten gekümmert.

An welchen Jahreszahlen vorbei meine Leben jeweils geglitten ist, habe ich weniger wahrgenommen als andere. Als ich sodann mich dem Siebziger nähere, habe ich mich, was Einfälle und ihre Verarbeitung anlangt, damit abgefunden, dass es das dann wohl gewesen sein dürfte und ich realistischer Weise nichts mehr zu erwarten habe. In diese vor mir aufklaffende Leere hinein habe ich plötzlich die Nachricht erhalten, dass ich einen Literaturpreis bekommen sollte, für meine Verhältnisse ein schönes Sümmchen, das auch sofort nach Anwendung verlangte.

Geld will ja nicht untätig herum liegen. Mit dem ließe sich in meinem alten Bauernhaus so einiges auf neueren Standard bringen, höre ich es zugleich von Küche, Badezimmer und Balkon her. Im Fall der Investition in bauliche Maßnahmen freilich bliebe das Preisen, das eigentlich einer geistigen Arbeit gilt, in Baumaterialien stecken. Weil der mir zugesprochene Preis aber nicht dem Stillstand und Bleiben gilt, sondern der Beweglichkeit und dem Fließen, sollte sein Schwung nicht in irgendwelchem Gemäuer oder in meinem Wanst stecken bleiben, sondern dorthin weiterfließen , wo es mehr bewirkt als in mir.

Lange Zeit habe ich selber nicht verstanden, warum ich den netten, umgänglichen, grundanstänigen, feinsinnig und auf Harmonie bedachten Schriftstellerkollegen N. bei jeder Gelegenheit gestichelt und attackiert habe. Inzwischen weiß ich es: Er verkörpert all jene Eigenschaften, über die ich seit jeher hinaus kommen wollte.

Natürlich will ich nicht behaupten, dass mir das gelungen ist. In meiner Verachtung für das Abgerundete, das sich gern als das Vollkommene versteht, bin ich wohl eher hinaus gestolpert, als würdig darüber hinweg geschritten, wie es sich für einen Dichter geziemen würde. Dabei habe ich genug Angriffspunkte geboten, dass N. und seinesgleichen in mir nichts weiter sehen als einen Stolperer.

Es gibt Schriftsteller, die präzise und anschaulich zu Papier bringen, was ihnen der Beachtung wert erscheint, zum Beispiel ein altes Waffenrad, von dessen robustem eisernen Rahmen der schwarze Lack abzubröckeln beginnt; gern geben sie auch Namen, Geschlecht und Alter dessen an, unter dessen Gesäß es dahin gleitet.

Bei solchem Abtasten der Oberflächen wirken die Sätze seltsam leer.

Es verhält sich in dem Fall wohl so wie mit einer blumenreichen Wiese. Schön ist ihr Aufblühen, aber wie steht sie zu mir, dem Leser, der ich kein Ochse bin. Erst die Bienen, die Pollen und Nektar einsammeln und in ihren Mägen verarbeiten, bereiten die Wiese für mich auf, zu Honig, der, spirituell gesehen, ein Nährenwollen ist.

In diesem Sinne müssten die Realisten eben auch, was die Sinne ihnen anliefern, verdauen wie beispielsweise Flann O` Brien seine Fahrraderfahrungen verdaut und mit den ihm eigenen Seelensäften vermengt hat, um daraus ein eigenes Fahrrad wie das in „Der dritte Polizist“ zu formen, eines, dessen Atome mit denen des Fahrers sich vermischen. So ein Rad wird man nicht aus dem Kopf auf die Straße heraus bringen; es wird das Papier nicht verleugnen.

Bis ins agrar geprägte Seitental herein hat man vom Literaturstar N. gehört, von dessen letztem Buch die Zeitungen im In - und Ausland ein Lob in höchsten Tönen singen. Referenten, die seinen Namen in ihre Ausführungen einzuflechten verstehen, beweisen damit, dass sie sich auf der Höhe der Zeit befinden. Gelingt es ihnen gar, ihre Ausführungen mit einem passenden Zitat dieser Autorität zu untermauern, so wird keiner der Hörer es wagen, das Vorgetragene in Zweifel zu ziehen.

Mittels der Medien ist der Vielgerühmte also gleichmäßig über die gesamte Fläche des Landes verteilt worden. Auf die Dauer freilich wollen die Leute draußen in den Dörfern und Kleinstädten sich nicht mit der medialen Version des Mannes begnügen. Er soll einmal kommen, persönlich, ja, zu ihnen aufs Land heraus. Man wird sich das gern etwas kosten lassen. Einer der Rotarier hat ja Kontakte zu N.s Agentur.

Es dürfte, frei angenommen, der 57. Auftritt sein, zu dem der besagte Rotarier die Agentur und diese den vielgefragten Mann drängt. *Oje,* seufzt der*, so weit draußen am Land. Muss das sein?*

Ja, es muss sein.

Dafür lässt er sich, überdrüssig der eigenen Routine, beim Gulasch vor dem Auftritt reichlich Zeit und trinkt trotz ungeduldigen Drängens des Kulturreferenten das Bier in aller Ruhe aus.

Im Kultursaal schauen die dicht aneinander gereihten Besucher der Großveranstaltung schon lange zur weit aufgezogenen Türe, durch die er jeden Moment kommen müsste, ja in Form von Erwartung bereits in der Türöffnung flimmert. Als man bereits zu befürchten beginnt, ein so viel gefragter Mann wie er könne verhindert sein oder ihm gar etwas zugestoßen sein: ein Verkehrsunfall ...da kommt ein schleisiges Männchen im abgetragenen grauen Anzug an der Seite des Kulturreferenten zur Saaltür herein.

Was, das soll er sein? Ein Zerrbild im Verhältnis zu dem, was man von Zeitungsfotos her von ihm kennt und zufolge des ihm vorausgegangenen Rufes erwarten darf. Auf der Bühne angekommen, wirft der abgespannt Wirkende kurz einen Blick über den oberen Brillenrand in den Saal: ein dicht aneinander gedrängtes Sammelsurium aus biederen Frauenfrisuren, gebräunten Halbglatzen, begierig vorspringenden Nasen und dergleichen. Nervös am Verschluss der abgegriffenen Aktentasche fingernd murmelt er die Begrüßungsfloskel und dass er sich über dieses und jenes freue. Jetzt hat er es endlich, das Leseexemplar, das arg abgegriffene und beginnt, sein Honorar abzuarbeiten. Unterm Tisch heraus streckt er dem Publikum seine außen abgetretenen Absätze entgegen; oberhalb der Schuhe altmodischen Socken und dann ein Streifen behaarter bleicher Altmännerhaut.

Das Ende eines Mythos! Schade, dass er Fleisch geworden ist. Hätte man ihn doch im Stadium des Wortes gelassen!

Mehr und mehr von Einfallslosigkeit geschlagen, möchte der zu Jahren gekommene Dichter die in den Schubladen liegen gebliebenen Notizen aus früheren Jahren zu einem Büchlein vereinigen, sie mit nach wie vor vorhandener Könnerschaft zu einer Einheit abrunden, möchte nach einer verdächtig langen, ihn selber beängstigenden Schaffenspause seinem Leserkreis doch wieder ein Lebenszeichen geben. Aber so sehr er sich um Frische und jugendliches Engagement bemüht, den Lesern macht er nichts vor, sie sehen darin nur Sterbenszeichen.

Der ob seiner aufrührerischen Frühwerke hoch geschätzte Schriftsteller N.N. ist mit den Jahren in die Sackgasse geraten. Auch wenn seine letzten Romane breiter angelegt und sorgfältiger konstruiert sind als seine früheren, als Grundzug seiner Arbeit tritt von Buch zu Buch offenkundiger hervor, wovon er mit bestechender Kunstfertigkeit abzulenken versucht: dass er nichts mehr zu sagen hat.

Was also ist zu tun? Soll er, muss er, sich den Fakten beugend, ein anderes Leben beginnen, eines außerhalb des honorigen Gewerbes, in welchem er mittlerweile doch eine ehrenvolle Position bezogen hat? Soll er sich einen Hund zulegen, der ihn zu langen Spaziergängen veranlasst?

Nein, er ist und bleibt ein Dichter. Als solcher wird er es den Zweiflern, Neidern und Missgünstigen schon noch einmal zeigen. Mit einem noch umfangreicheren Werk wird er allen vor Augen führen, dass er einen Platz in der vordersten Reihen der Literatur des Landes verdient. Wohlan, die treue Leserschaft soll auch diesen Herbst nicht ohne Zuspruch bleiben. Das Aufbegehren eines Unbeugsamen, der mit gewaltigen Worthieben sich eine Bresche durch Mittelmäßigkeit und Provinzialismus schlägt, soll ihnen weiterhin Mut machen; mit einer heroischen Schreibanstrengung wird er, der alte Haudegen, die ihm Anempfohlenen heraus schlagen aus der drohenden Bedeutungslosigkeit. Er muss nur darauf achten, dass nichts von dem Sog zu spüren ist, in welchen er selber hinein geraten ist.

Bewundernswert wendig, wie sie sich innerhalb des Sagbaren bewegen, die in Philosophie, Literatur und Geschichte versierten Eröffnungsredner und Hauptreferenten von internationalen Symposien, niemals in Verlegenheit geratende Diskussionsteilnehmer, die selbst zu unfassbaren Ereignissen etwas Angemessenes zu sagen wissen, zu jeder himmelschreienden Ungerechtigkeit eine verbale Zurechtrückung. Wendig und schlüpfrig wie Fische in den Becken der Fischzucht führen sie vor, wie frei sie sich nach allen Seiten hin zu bewegen vermögen. Eines allerdings haben sie aus den Augen verloren: dass sie sich immer noch innerhalb eines Netzes befinden.

Ein Blitz, das zeigen Fotoaufnahmen, besteht aus unzähligen kleinen und größeren Lichtsträngen und würde umso mehr Verästelungen zeigen, je präziser die Aqpparate der Aufnahme zu arbeiten imstande sind. Das menschliche Auge freilich sieht nur einen grellen Zacken, der aus dem schwarzen Gewölk fährt.

Analog verhält es sich mit einer Person, die ebenfalls aus unzähligen Verästelungen besteht, aber für den alltäglichen Gebrauch als eine Linie verstanden und behandelt wird, weshalb sie gut daran tut, das in ihrem Zuständigkeitsbereich Vorgehende als Einheit zu verstehen. In herkömmlich erzählten Romanen kommt man mit Vereinfachungen wie raffiniertes Biest, Geheimagent oder einem verschuldeten Gutsherrn aus; mit derlei kompakten Einheiten können sodann unbegrenzt viele Oberflächenverflechtungen geknüpft werden.

Von einer breiten Leserschaft geliebt werden Protagonisten mit einfachem Profil, sich selber treu bleibende Charaktere. Sie bestärken all jene Leser in ihrem Selbstverständnis, die sich mit wechselndem Erfolg um innere Einheit bemühen. Spaltung, Zerfall und Aufdröselung erleidet nur der, der sich willenlos den äußeren Einwirkungen aussetzt.

Des Wohlergehens wegen ist es besser, er duldet keine zweite oder gar dritte Seele in sich.

Die Balletttänzerinnen von Degas. Gebannt stehen zwei Damen davor und lassen die lichtdurchfluteten Gestalten auf sich wirken, lassen geschehen, was im Zuge der Betrachtung in ihnen vorgeht.

Was in mir geschieht, nenne ich Entmaterialisierung. Anders als bei realen Frauen stößt mein Blick im Fall der nur mit den Zehenspitzen den Boden berührenden Tänzerinnen nicht auf Masse, prallt nicht auf unnachgiebig Festem auf. Die im Gemälde angedeuteten Figuren lassen die Gedanken durch, wohin immer sie weiter wollen.

Aus der Flucht des Barockschlosses springen Löwenköpfe vor, Atlanten wölben ihre Muskelberge auf, über bogenförmigen Durchgängen ziehen Wappen längst versunkener Geschlechter die Aufmerksamkeit der Schlossbesucher auf sich und führen, ohne die Augen zur Ruhe kommen zu lassen, weiter zu gebrochenen Giebeln über Fenstern, deren Proportionen der Goldene Schnitt zu Grunde liegen dürfte.

Insgesamt kann all das ruhelose Hoch-Tief, Auf-Ab, Hin und Her mir nur sagen, dass die an keiner Stelle zur Ruhe kommende Anlage auf der Flucht ist. Von der Zeit ihrer Errichtung wendet sie sich ab und flieht, vorbei an meinem mangelhaften Kunstverstand.

Von der einzelnen Zelle und ihren Arbeitsbedingungen aus beurteilt erscheinen Moral und Recht, zu denen jeder Staatsbürger zugunsten der Gemeinschaft verpflichtet ist, eindämmende, behindernde und abtötende Kräfte. Schon im Kindesalter gewinnt die Norm die Überhand über das Beiläufige, sie verbietet dem unbedankt im Dunkel schuftenden Zellgesindel den Mund. Der soll allein dem Guten, Schönen und Rechten dienen.

Winzige nach Schweiß stinkende Zellen erledigen die lebenswichtige Leistung des Stoffwechsels und der Energieerzeugung im menschlichen Organismus. Ihre Arbeit wird von keiner Instanz als Verdienst und Leistung gewürdigt, sondern gehört in den Bereich des Selbstverständlichen.

Sehr wohl aber gibt es lobende Hervorhebung für manche vom Hirn geleistete Arbeit. Dies, weil es selber in der Lage ist, Begriffe wie Verdienst und Leistung zu formulieren und nach seinem Gutdünken den einzelnen Körperteilen zuzuschreiben.

Ein guter Mensch gleicht einer präparierten Piste. Da geht es glatt dahin, in der Steilheit abgestimmt auf das durchschnittliche Können der Fahrer, gröbere Unebenheiten des Geländes sind zu harmlosen von weitem sichtbaren Mugeln abgerundet, die Ränder der Piste mit Warntafeln und grellen Bändern gegen das freie Gelände abgesichert.

Anders der Typ, der gegen alle Vernunft in einen noch spurlosen Hang hinein fährt. Jeden Augenblick muss er auf Tücken unterhalb der Schneedecke gefasst sein: da ein Wurzstock, dort ein Felsklotz, gefolgt von einem jähen Geländeabbruch, selbst Lawinengefahr nimmt er in Kauf. Wie gesagt: ein unkluges, unverständliches Verhalten, von der Piste aus betrachtet, wo der gute Mensch in tadelloser Haltung mit gleichartigen Links- und Rechtsschwüngen zu Tale zieht, wobei die Körperhaltung in sich so unverändert bleibt, dass es schon mehr ein Stehen als ein Fahren ist.

Soeben hat Herr N. seine schätzungsweise 17. Hose gekauft. Wie immer man zu solchen Hüllen, die als Expression ja ein angsterfülltes Abwehrgefuchtel darstellen, stehen mag: Hosen kommen, indem sie ihrem nicht salonfähigen Inhalt abschwören, ästhetisch, sittlich, und im Brauchtum entschieden besser an als ihr Inhalt. Formal gesehen stellen sie Glättungen und Geometrisierungen der darunter liegenden, zum Amorphen neigenden Körperlandschaft dar. Dank solcher Vereinfachungen gelingt es ihnen, ihren gesellschaftlich geächteten Nettogehalt, den man sich hier bitte nicht in allen Einzelheiten optisch, akustisch oder gar in seinem Odeur vorstellen möge, ins Repräsentative und allgemein Verständliche einzubeziehen.

Zusammenfassend kann man sagen: Hosen dienen dem Heranpirschen des Arschigen an die hinter Zeichen verschanzte bessere Gesellschaft.

Eines Abends erzähle ich meinen kleinen Töchtern von einem Streich, den mein älterer Bruder mir in meiner Kindheit gespielt hat. Ich wundere mich, dass sie denselben am nächsten Abend noch einmal hören wollen. *Ja, genau denselben*, bestürmen sie mich. Ich wende ein, dass sie die Geschichte ja schon kennten. *Macht nichts, macht nichts, erzähl nur!*

Na gut, erzähle ich sie eben noch einmal, ein bisschen anders zur Abwechslung. Beim ersten Abweichen vom bereits bekannten Verlauf der Geschichte haben sie mich aber schon: *Nein, die Geschichte geht anders*. Also halte ich mich, so gut ich kann, an die erste Version, die natürlich auch keine getreue Abbildung des tatsächlich Geschehenen sein kann. Zu meiner Verwunderung haben die Kinder aber auch beim dritten und vierten Erzählen kaum weniger Vergnügen als beim ersten.

Sie genießen den Verlauf eben wie Männer den Verlauf der Umrisslinien gut gewachsener Frauen genießen, wobei es auch in diesem Falle nichts zur Sache tut, dass es sich um den immer selbigen Verlauf handelt.

Einmal bittet mich mein Enkel, ihm bei einem Aufsatz zu helfen: *Wie stelle ich mir meine Zukunft vor?* Anregend eigentlich, ein so weites, nach außen hin offenes Feld, in dem unbeschränkt vieles möglich ist und man ungehindert von den Beengungen der Realität seinen Wünschen die Zügel schießen lassen kann.

Gemeinsam arbeiten wir uns in die Zukunft des Vierzehnjährigen vor: einen Pilotenschein möchte er einmal haben, als Refugium ein im Grünen gelegenes Eigenheim, darin eine attraktive, ihn liebende Frau, später einmal zwei Kinder, also auch eine Spielwiese mit Sportgeräten ...

Beim Durchlesen dieser ersten Vorstellungen erschrecken wir aber beide, was für ein armseliger Plunder sich da andeutet im Verhältnis zum Reichtum dessen, was Wünsche in sich haben.

Vom Bereich, in dem alles möglich ist, in den Bereich des real Möglichen herab geholt hat uns die Sprache. Sie hatte nichts zugelassen, was über ihr Vokabular hinaus wollte.

Wie weit das Wünschen über das real Mögliche hinaus geht, spüre ich blitzkurz, wenn es am Haustor klingelt. Da flimmert es rings um das Zeichen des Kommens auf, tausend wünschenswerte Dinge flackern vor der Stirne, schon begrabene Hoffnungen erwachen zum Leben. Ich könnte nicht angeben, was ich mir im besten Fall erwarte, aber es stellt sich, nachdem ich das Haustor aufgesperrt habe, selbst bei einem willkommenem Besuch immer eine gewisse Enttäuschung darüber heraus, was de facto vor der Türe steht, denn es ist in jedem Fall nur ein Partikel aus dem Gewölk des Erhofften.

Nackte Körper wirken platt und nichtssagend, auch die weiblichen. Als ein Mann jenseits der Siebziger schaut man kurz auf die Nackte in der *Krone* hin, schaut, wie knapp diesmal der Rest der Bekleidung gehalten ist, wie unmotiviert die Hände des Modells dort liegen, wo der Fotograf sie haben will, wie peinlich der Nackten ihre Bloßstellung ist und blättert weiter.

Was am Spiel mit der Nacktheit aber doch immer wieder auf magische Weise packt und hinreißt, ist der Vorgang des Entkleidens. Durch ihn wird der Betrachter auf jenes elementare Verhalten gelenkt, dem die Menschheit ihren Fortbestand verdankt.

Es gibt Momente wie die eines Orgasmus, die alles, was zu ihrem Zustandekommen von Nutzen ist, in Bewegung versetzen. Selbst müde und abgespannte Männerkörper richten sie sich für sein Zustandekommen her, saugen ihnen die restlichen Kräfte aus den Adern, ziehen ihnen das letzte Geld aus den Taschen und kippen, nachdem sie das Ihre erreicht haben, den nicht mehr brauchbaren Rest zur Seite.

Mag der selber zusehen, wie es mit ihm weiter geht.

Gleich rücksichtslos gegen die Einzelperson agiert der darüber hinaus gehende Lebenstrieb. Von der Person aus betrachtet mag er, etwa für einen von Schmerzen geplagten Todkranken, eine sinnlose Tortur bedeuten. Wie immer der Betroffene sich fühlt, der Trieb lässt sein Opfer nicht aus den Fängen , er will sich verwirklichen, auch wenn sein Opfer für sich selber nichts Erfreuliches mehr zu erwarten hat und am liebsten der Qual ein Ende bereiten möchte.

Quälend oder beglückend sind für den Millionen alten Trieb eben nebensächliche Gesichtspunkte.; durch derlei Nebensächlichkeiten lässt er sich nicht aus seiner Gangart bringen.

Das „Leben“ ist eigentlich nur so eine Idee. Man erreicht es in der Praxis nie ganz, aber sie, die uns übersteigende Idee, im Stofflichen vertreten durch eine bestimmte Stelle im Kleinhirn, hat uns fest im Griff; sie lässt uns zappeln, heißt uns die Arme nach ihr ausstrecken, ihr mittels allerlei Verkehrsmitteln nachjagen. *Hasche mich*, ruft sie aus der Ecke des Libidinösen heraus und lacht uns aus, weil wir, sobald wir meinen, sie schon in den Armen zu haben, einmal öfter daneben gegriffen haben.

Sowie sie uns am Ende aus ihrem Bann entlässt, ist das - wie die Tanatologen herausgefunden haben - eine große Erleichterung. Endlich brauchen wir nicht mehr nach ihrer Pfeife zu tanzen: Was für eine Entspannung dann für das zermürbte Fleisch !

Wo immer man hinsieht, es arbeitet, müht sich ab, verausgabt sich, spannt, strengt sich an, oft lautlos und innerhalb der ländlichen Ruhe: im Ackerboden, wo jeden Frühjahr Steine von unten an die Oberfläche gedrückt werden, im geschlägerten Holz, das im Zuge des Schrumpfen sich verzieht und Spalten aufreißt, im Wachsen der Bäume und ihrem Reagieren auf die Umgebung, im Überlebenskampf der Tiere ebenso wie im menschlichen Fleisch mit seinen Trieben und Sehnsüchten.

Sobald Menschen aufhören, von sich aus zu arbeiten, werden sie von dem bestimmt, was in ihnen arbeitet. Dabei geraten in in einen Sog, der ihre durch Erwerbsarbeit bestimmte Ordnung durcheinander bringt, mit anderen Worten: Sie öffnen den dunklen Mächten Tür und Tor.

Es gehört zur Normalität des Erwerbslebens, dass menschliche Körper trotz Unlust und Müdigkeit veranlasst werden, ein durch Zahlen und Buchstaben festgelegtes Leistungsprogramm zu erfüllen. Unterm Strich bedeutet das, dass das Wort die Herrschaft über das Fleisch antritt und dessen Bedürfnisse als zweitrangig missachtet. Verständlich also, wenn das Fleisch sich irgendeinmal weigert, bei der Sache Mensch weiterhin mitzumachen. Was nützt ihm denn die Aussicht darauf, dass es am Grabe schöne Worte wie Aufopferung, Hingabe, Pflichterfüllung et cetera geben wird?

In der Seele des Gebrauchsmenschen gibt es zwei Schienen, auf denen die meisten Vorgänge ablaufen: das Gute und das Böse. Wer immer und in welcher Absicht im Dorf auftaucht, nach kurzem Getuschel befindet er sich auf einer der beiden. Dabei genügt eine schmutziger Hemdkragen oder ein Kirchenbesuch am Sonntag und die Sache ist klar; auf den Rest der Person muss man gar nicht mehr hinsehen.

Analoges geschieht mit einem Neugeborenen, das, wie man weiß, mit seinen Anlagen und Neigungen irgendwo zwischen männlich und weiblich schwankt. Im Zuge der Geburt braucht es jedoch nur einen kurzen Blick zwischen die blutverschmierten Beinchen und es ist auf der Schiene, die entweder auf Mann oder Frau hinaus läuft. Zwischendinge sind Undinge, sagt uns die dualistische Wahrnehmung.

Gesicht hat etwas mit Sicht zu tun. Schönheiten wie sie uns aus den Medien entgegen lachen, haben nach meinem Verständnis kein Gesicht. Anstatt die Vorgänge sichtbar werden zu lassen, auf denen Entstehen, Wachsen und Daseinskampf beruhen, verstellt die Maske der Ebenmäßigkeit die Sicht auf die darunter vorgehenden, die Person ausmachenden Interaktionen.

So dient das schöne Ge- sicht vor allem dem Sichtschutz.

Geld fließt wie Wasser ganz von selber dahin, wo schon größere Flüsse kraftvoll dahin wogen und alles, was in sie hinein gerät, mitreißen. Die abseits davon sich dahin schlängelnden in Mooren und Tümpeln versickernden Reste zählen nicht; an der Kraft, die die großen Ströme so faszinierend macht, haben sie keinen Anteil. Von Zufluss zu Zufluss unwiderstehlicher wogt der Hauptfluss dahin; es schwächt seine Macht nicht, wenn einiges von seinen Wassern auf die Mühlen der Uferbewohner abgeleitet wird; nach kurzem Umweg mündet es wieder ins große Ganze ein. Dieses wird, je länger es fließt, von immer neuen Flüssen genährt, bis die so mächtig und allumfassend sind, dass sie als letzte Hindernisse den menschlichen Tand mit sich wegschwemmen werden.

Sanft und ruhevoll liegt das Wasser da, solange man es nur lässt. Aber selbst dieses weiche, sich in alle Gegebenheiten schmiegende, letztlich die Ruhe suchende Element verliert seine Friedfertigkeit, sobald man ihm den Grund darunter entzieht. Tobend stürzt es in die Tiefe und reißt rücksichtslos alles mit in den Abgrund, was sich ihm in den Weg stellt.

Von seiner plötzlichen Wildheit erschrocken, stehen die Touristen vor dem Wasserfall.

Eine evangelische und eine katholische Küche: Erstere ist klug geplant, die Möbel erfüllen ihre Zwecke; mehr ist nicht vonnöten. Wann immer jemand sie betritt: Die Arbeitsflächen blinken vor Sauberkeit. Punkt zwölf wird gegessen: Auf den Tisch kommt gesundes, sparsam gewürztes Essen, dazu gutes frischen Wasser aus der Leitung.

Die katholische Küche ist so gut wie unbeschreiblich. Auf dem Holzherd brodeln gemeinsam mit neueren Zubereitungen Reste von den Vortagen in den Vormittag hinein. Auf einem der Töpfe beginnt der Deckel zu scheppern, in einem anderen schmort das Ragout von vorgestern seiner Verwertung entgegen. Irgendeinmal, wenn die Frau mit dem Bügeln fertig und der Tisch frei ist, wird zum Essen gerufen. Im Herrgottswinkel krümmt und windet sich der Gekreuzigte.

Wenn einer, der gegen sein Ausgesetztsein ankämpft, unter Einsatz all seiner Kräfte und Fähigkeiten ein Haus errichtet hat, so steht er nach dessen Fertigstellung vor der Frage, ob er die ihm verbleibende Energie dazu verwenden soll, das Haus zu verschönern, erweitern und durch Alarmanlagen zu sichern oder nach etwas Neuem Ausschau zu halten und nur, sofern er seinen Schutz benötigt, im Haus vorübergehend Unterstand zu nehmen.

Sicherheit mag in Phasen der Unsicherheit erstrebenswert erscheinen, ein imaginäres Ziel, ein paar Schritte weit Sicht im Nebel der Vorgänge. In die Sackgasse gerät der Wunsch jedoch für den Fall, dass einer sie sich von den Bewirtschaftern des Sicherheitsbedürfnisses, den Versicherungsvertretern, garantieren lässt, etwa in Form einer Lebensversicherung. Man weiß, wie hohl der Boden unter derlei Versprechungen ist. *Da können Sie vollkommen sicher sein, dafür leg ich meine Hand ins Feuer,* räumt der Vertreter die letzten Bedenken vor der Vertragsunterzeichnung durch die Frau des Hauses aus.

Nach der Unterzeichnung breitet sich im Hause das angenehme Gefühl aus, dass Mutter das Geschehen innerhalb der Familie hinlänglich unter

Kontrolle habe.

Außerhalb des Hauses freilich weht der Wind weiterhin, wo er will. Wer realistischer Weise davon ausgeht, dass jedes Geschehen nach wie vor unberechenbar ist und es trotz des gut organisierten Versicherungswesen bleiben wird, wird zwar niemals so sicher sein, wie die Versicherungsvertreter es ihren Kunden versprechen, dafür wird er an der einzig Sicherheit teilhaben, die es gibt, nämlich dass der Wind weht, wo er will.

An allem, was geschieht, habe ich Anteil, in alles bin ich involviert; in mir erst werden die Geschehnisse zu dem, was sie sind; ich erst mache das gleichgültig vorüber Fließende einmal zu etwas Wichtigem, ein andermal zu etwas Belanglosem.

Dass von mir nicht mehr viel da ist, merke ich daran, dass nur noch ein dumpfes Dahinrumpeln auf den Geleisen des Altbekannten wahrzunehmen ist.

Es gibt Tage, an denen man sein Gleichgewicht darin finden muss, dass Hemd und Hose zusammenpassen.

Horch, die Grillen : vielstimmig durcheinander zirpen sie, wie im Mai. Der Kalender freilich zeigt Oktober an. Also ist es wieder nur der Tinitus !

Wieder ist eine Woche vorbei, in der ich nicht viel mehr gedacht und gesagt habe als ein paar Mal: *Na sowas !*

Soeben habe ich den Hang neben meinem Haus gemäht. Zufrieden wische ich die Sense ab. Eigentlich bedeutet es mir wenig, ob das Gras kürzer oder länger ist, meine Zufriedenheit rührt eher da her, dass meine Bewegtheit für eine Weile einen allgemein verständlichen Verlauf genommen hat.

Sich dehnende Tage ohne Gefühl und Regung. Zwischendurch reißt das Grau auf und ich spüre, wie Reste einer Kindheit im Gebirge mich beleben.

Macht ruhig so weiter, Leute, mich bringt ihr nicht mehr aus dem Tritt. Leichten Fußes führt der mich hinaus aus dem, worüber ihr euch einig seid. Hinter mir verblassen schon die Kasernen der Vernunft, vor mir die sanfte Umnachtung.

Immer tiefer schlittere ich hinein in Verhältnisse, wo mir wie zur Ermahnung, die Flinte des Poeten nicht ins Korn zu werfen, von allen Seiten her Schreibzeug geschenkt wird. Letzte Weihnachten waren es sogar zwei Füllhalter, die ich zu den vorhandenen Partei- und Firmenkulis in die schon ziemlich volle Kaffeeschale gesteckt habe.

Just dann aber, wenn ich so ein Utensil für einen der wenigen Einfälle bräuchte, geben auch die neuen Schreibgeräte keine Tinte mehr her, der einzige gespitzte Bleistift bricht ab, der Kuli von den Sozis schließt sich dem Trend an, einen weiteren probiere ich gar nicht mehr; ich weiß auch so, wie viel es geschlagen hat.

Wenn ich aus Begeisterung über Nachbars Hennen versuche, eine aus Ton zu formen, so wird es weniger eine getreue Abbildung der verträumt in ihrem Auslauf umher spazierenden Eierlieferanten als ein Kampf ums Hennesein, der natürlich zu meinen Ungunsten ausgeht, so dass am Ende ein Zerrbild, eine Hennenverunglimpfung als Resultat meiner Bemühungen übrig bleibt, ein Zeugnis meiner Unterlegenheit zugleich, in welchem einfühlsame Betrachter ihre eigene Unterlegenheit, ihr Scheitern angesprochen und aufgefangen sehen; eine doch nicht so schlechte Henne also.

Während ich einen Schmerzensmann aus Ton modellierend ihm entsprechende Bedrückungen, Todesnähe und Ähnliches einzuarbeiten versuche, freue ich mich schon auf die bald beginnende Übertragung des Fußball-Länderspiels, weil ich diverse Gefühlsfacetten dann nicht mehr aus mir hervorbringen muss; ich brauche mich nur in einem bequemen Sessel zu lehnen und der Match-Verlauf beschert sie mir.

Meine Schriften kann man auch lesen als Interpretationen der kleinen Unregelmäßigkeiten innerhalb meines bürgerlichen Lebens.

Die Anstrengung des Schreibens besteht darin, dass man über den öden Typ, der man im Normalfall ist, hinaus kommen will.

Meine Wahrheit ist so wahr, dass deine darin lediglich als Irrtum vorkommt.

Auch wenn ich Vorgänge in mir fremden Personen beschreibe, sind es in erster Linie Vorgänge innerhalb der eigenen Person.

Ich weiß nie, was ich machen soll. Ich warte nur ab, was geschieht.

Es ist irreführend, von den Ur- sachen eines Geschehens zu reden, gemeint sind ja nur die Verhältnisse unmittelbar davor, also die Vor-Sachen.

Wenn ich ein Verhalten für unrichtig, widersinnig und verwerflich halte, heißt das noch nichts. Denn dass es so geschieht, wie es geschieht, ist Beweise genug dafür, dass es in seiner Art richtig ist.

Ähnlich wie mit dem Schönen, das nicht am Gegenstand haftet, sondern erst im Auge des Betrachters zustande kommt, verhält es sich mit dem Lieben. Da meint so mancher Naivling, die Liebe in Person zu erblicken und eines Tages sein eigen nennen zu können; dabei ist er lediglich auf einen Auslöser seiner eigenen Liebesbereitschaft hereingefallen.

Ich bestehe überwiegend aus Nichtkönnen und Unwissen, eines aber habe ich im Laufe der Jahre doch gelernt: das sogenannte Dumme, Unsinnige, Abwegige, Himmelschreiende et cetera so lange zu umkreisen, bis es ein Teil des Normalen geworden ist.

Wenn jemand mir vorhält, ich sei ein mich selbst vergiftender Schwarzmaler, tauchte alles, was mir unterkommt, ein in eine an Kafka erinnernde Hoffnungslosigkeit, so wehre ich mich dagegen, indem ich darauf verweise, dass meine Sicht großteils auf beobachtbaren Fakten beruht beziehungsweise auf wissenschaftlichen Erkenntnissen. Somit habe ich den Vorwurf in Richtung Fakten und Wissenschaft abgelenkt und mich selber von Schwärze und Hoffnungslosigkeit befreit.

Das Bedürfnis, jemanden von Zeit zu Zeit zu besuchen, auch wenn der nichts als die alten abgestandenen Geschichten auftischt und im Übrigen in Ruhe gelassen werden möchte, entspringt wohl demselben Trieb, aus dem heraus das Kind sich an die Mutter ankuschelt oder das Herdentier sich an die Herde anschließt, physikalisch ausgedrückt: den Kräften der Kohäsion.

Warum Blödeln, Sticheleien, Schmäh und Witz mir im Grunde mehr geben als philosophische Erörterung: weil erstere keine Ansprüche auf Allgemeingültigkeit stellen.

Die Feiern zu meinem runden Geburtstag gedenke ich zu überstehen, indem ich wie ein Ochse auf baumloser Alm das Hinterteil gegen das Unwetter der Gratulationen und Wünsche gewendet, stoisch abwarte, bis sich das Ganze wieder verzieht.

Wieder ein Tag, vollgeräumt mit Aktivitäten, die mir gleichgültig sind, ja mir gegen den Strich gehen. Am Abend bin ich nichts wie müde. Und weil keine Energie mehr vorhanden ist, um mich über den Sinn der Verrichtungen Gedanken zu machen, bin ich fast zufrieden.

Viel vom sagenhaften ländlichen Frieden dürfte von dieser Sorte sein.

Als Schriftsteller schnuppert man gelegentlich wohl auch in das eine oder andere Buch eines Kollegen hinein; am wohlsten ist einem aber immer bei den eigenen, weil da weiß man, was man hat.

Dass etwas so ist, wie es ist, mag ich nicht so ohne weiteres gelten lassen, besonders wenn das Gegenteil davon angenehmer ist.

Elemente wie Lawinen und Sturmfluten sind anarchisch; sie nehmen keine Rücksicht auf Rang und Verdienste einer Person. Ihre Unvoreingenommenheit sollte einem Dichter Vorbild sein.

Dass ein Künstler sein Leben lang bei einem einzigen Thema bleibt, muss nicht auf einen Mangel an Phantasie zurück gehen; ein Thema ist ja wie ein Klumpen Ton, in den man unbegrenzt viele Gesichter und Gestalten hinein drücken kann.

Definitionen sind wie Messerschnitte ins lebendige Fleisch; sie trennen: zum Beispiel das Schnitzel von den Knochen des Schweines. Durch den Schnitt entsteht eine neue, durch ihn bestimmte Wirklichkeit. So gut das Schnitzel dann auch schmecken mag, als Schriftsteller interessiert mich mehr sein ursprünglicher Zusammenhang: das Schwein.

Druck., Gegendruck, Seiten -, Neben -, Zwischen - und Unterdruck: So ähnlich fühlt es sich an, was in den sogenannten kreativen Momenten auf mein Sensorium einwirkt, nur eben farbiger, wobei mein Farbkasten leider nur zwölf Knöpfe aufweist. Weil keiner davon dem Gesehenen genau entspricht, mische ich halt, so gut ich kann, lasiere und schichte verschieden dicht aufgetragene Pigmente so übereinander, dass das Ergebnis dem Ursprünglichen so nahe wie möglich kommt. Klebt die Sache sodann auf dem Papier, enttäuscht sie mich aber schon deswegen, weil sie mehr von meinen Darstellungsmöglichkeiten bestimmt ist, als von dem, was mich zur Darstellung bewogen hat.

Kein Bauernmensch hat es gern, dass er in einem Buch vorkommt, wo er sich ja nur in einer veränderten und somit verstümmelten Form wiederfindet, weil der Autor ihn nach seinem Gutdünken so zurecht knetet, dass er in sein Konzept passt. Da schwebt er nun ohne den gewohnten Boden unter den Füßen, der ganz und gar Bodenständige, der sich abseits des Papiers in jeder Lage zu helfen wusste. Eine halbe Seite lang zappelt er innerhalb des Romankonzepts, hilflos eingespannt in eine konstruierte Geschichte. Indem der Leser leichthin weiter blättert, schwebt der Literarisierte hilflos nach hinten weg. Sein Urbild aber muss irgendwo außerhalb des Buches weitermachen.

Seit einiger Zeit fällt mir auf, dass der Trend in den Medien dahin geht, nur kurz von den Inhalten und Anliegen von Veranstaltungen zu berichten, um dafür den nötigen Platz zum Aufzählen zu haben, welche bekannten Persönlichkeiten der Veranstaltung die Ehre ihrer Anwesenheit gegeben haben. Somit bildet sich über den Angelegenheiten, die die Leserschaft belasten und überfordern könnten, eine heile Haut aus Bekanntem.

Ein prächtiger Sommertag kündigt sich an, keinerlei Trübung im hohen, hellen Morgenhimmel. Zwei Nachbarn kommen, jeder von seinem Haustor her, auf einander zu. Der eine schon einen den Gartenschlauch in der Hand, der andere mit den Händen in den Hosentaschen, lachen sie einander zu, weil sie sicher sind, dass man heute ohne Zweifel von einen prächtigen Sommertag reden kann.

Ich verstehe leider zu wenig von Musik , aber so wie Nachbars Hennen heute ihren Morgengesang angelegt haben: in verzückt hoher Tonlage, die reinen Stimmen kunstvoll mit einander verschlungen und an gewissen Stellen tremolierend in die Länge ziehend, wobei selbst die Althennen mit den zerrupften Hinterteilen würdigen Ganges aus der Enge ihres Gehäuses heraus der Sonne entgegen stelzen: Diesen Auftritt ausführlich zu besprechen, würde meines Erachtens nicht minder eine Rubrik auf der Kulturseite verdienen als die weiß Gott wievielte Don Giovanni- Premiere am Wochenende.

Angesichts eines gleichmäßig gestutzten Rasens frage ich mich: Soll ich das noch als Gras verstehen oder als Bekenntnis?

Am Waldrand bekleckern die Vögel das neue Auto des Waldläufers. Eine Erstbescheißung.

Wieder einmal hat, während ich das dürre, großteils modrige, dem Besen tückisch ausweichenden Laub in die Kehrichtschaufel zusammen zu treiben versuche, ein schäbiges, von einem Windstoß herbei gewehtes Blatt die bereits gesäuberte Fläche vor dem Haus verunreinigt, wodurch es mich darauf stößt, dass ich dem Großen und Ganzen gegenüber letztlich den Kürzeren ziehen werde.

Ländliches Stimmungsbild: Auf meinem soliden altgedienten Waffenrad gemächlich die Nebenstraße dahin gleitend, höre ich von hinten mit Vollgas einen Traktor näher knattern. Rumpelnd auf den Asphaltbuckeln dahin polternd und von einer Wolke aus üblem Gestank umwirbelt, zieht er an mir vorbei. Mit dem Triumph des Überholens grüßt mich von oben herab der stolze Fahrer des Jauchewagens.

Einem unkontrollierter Tritt im Hang folgt ein jäher Stich im Knöchel. Es meldet sich der Schmerz, eine weit über das Menschliche hinaus reichende Macht, wie sie auch im Geklüft der Berge, in den Rissen des Asphalts und den vom Blitz gespaltenen Lärchen zutage tritt. In mich dringt er ein mit der Botschaft, dass Abschirmungen von ihm nur für kurze Zeit möglich sind.

Das Haar, das der alte Pedant im Waschbecken gefunden hat, wäre an sich nichts Schlimmes und leicht zu beseitigen. Hat es der Pedant aber einmal eräugt, ist es zu spät, da nützt kein Lappen mehr; es ufert aus, über die physischen Grenzen hinaus ins Weltanschauliche.

Ich höre gerade eine Frau unter der Dusche trällern und lachen. Beneidenswert, diese ungebrochene Daseinslust! Die Person hat sich offensichtlich all das bewahrt, was einer verliert, wenn er vom Wege des Selbstverständlichen abkommt.

Trotz ihres freudig erregten Ganges zur Mitternachtsmette leidet Frau N. denn doch an einem: dass die Leute nicht wissen, dass sie den teuer aussehenden neuen Mantel zu einem unheimlich günstigen Preis ergattert hatte. Das ist nämlich das wirklich Schöne an ihm.

Hoch über dem Dorf schwebt seit jeher eine imaginäre Größe, die als

Maß allen Tuns und Lassens außer Frage steht, nämlich die, was wohl die Leute sagen könnten. Der Verweis auf diese Instanz kann manches verhindern, was sonst glatt über die Bühne ginge; er erzwingt aber auch allerlei, was sich ohne sie erübrigen würde.

Die Leute herunten in den Häusern scheppern förmlich vor dieser Instanz. Von Kind auf halten sie sich mehr nach ihren Forderungen als nach dem, was die Leute aus Fleisch und Blut sich wünschen.

Läuft mir winters eine der Frauen über den Weg, so fällt mir nichts ein als *„Morgen, wie geht's?"* Und ich bekomme verdienter Weise eine ebenso nichtssagende Antwort zurück.

Räumt der Winter endlich das Feld, um es freundlicheren Verhältnissen zu überlassen, begrüße ich dieselben Frauen mit: „Schönen guten *Morgen! Was macht der Garten?"* Da bleiben sie stehen und erzählen mir anhand der Erfolge und Rückschläge im Garten, wie es ihnen geht.

In den ersten warmen Tagen sieht man in den Hausgärten entlang der Straße lauter gen Himmel gestreckte Hintern. Als ob sie sagen wollten: Leckts mich doch, ihr da oben, ich setze auf das Untere.

Gewühl und Gefühl fallen in den Gärten in eins zusammen.

Ich erschrecke, als ich den soeben vom Gärtnermeister beschnittenen Apfelbaum mit seinen kahlen, zweckhaft nach mehreren Seiten hin ausgestreckten Hauptarmen und den wenigen offensichtlich auf Ertrag ausgerichteten Seitenarmen gegenüber stehe, das nichts bringenden Gedränge der neuen Triebe und die geradewegs in die Höhe schießenden Ruten liegen gekappt am Boden, erschrecke, weil er mir nach der Eliminierung des nicht Nutzbringenden besser gefällt als in seiner eigensinnig vor sich hin wuchernden Form.

Bei der Fernsehsendung „Bauer sucht Frau“ ist es den meisten Kandidaten besonders wichtig, dass ihre zukünftigen Lebenspartner Humor haben.

Nachdem ich ziemlich lange und unschlüssig vor dem Sortiment verschiedener Apfelsorten in der Obstabteilung meines Kaufhauses gestanden bin, hat eine mich beobachtende Frau mir den Rat gegeben, nicht die glänzenden, farbenprächtigen Äpfel zu kaufen, die seien zu sehr aufs Auge hin gezüchtet, schmeckten aber nicht sonderlich und hielten sich nicht lange.

Seit ich mich von der Richtigkeit dieser Empfehlung überzeugt habe, halte ich es auch bei den Mitmenschen mehr mit den Unscheinbaren.

Naja, ich weiß nicht recht, ich muss mir das noch überlegen, zögert die ihrer Wirkung sichere Bewerberin dem Personalchef gegenüber und überlässt es ihrem klug gewählten Kleid, eine Entscheidung zu ihren Gunsten herbeizuführen.

Ahnungslos munter wie das Schweinchen, das zwischen dem Gestänge des Kobens den Besuchern des Schau-Hofes die Schnauze entgegen streckt, lässt Frau N. ein gutes Stück ihrer Busenpracht aus der Dirndlbluse quellen und lebenslustig um sich äugen.

Als nach dem Waldfest die Bänke und Tische sich leeren, kommt eines der Serviermädchen hinter der Theke hervor, in den Händen einen Plastiksack, der innen von einem Rot ist, das speziell zu dieser Stunde an eine aufklaffende Vulva erinnert. Den Müllsack vor sich, geht sie zwischen den Bänken auf und ab. Und schau, die letzten der herumlümmelnden Besoffenen verstummen und bücken sich nach dem auf dem Boden verstreuten Unrat, um ihn ihr in den Sack zu werfen.

In der Zeit, als die schöne N. noch studiert und in den Semesterferien nach Hause kommt, sehe ich sie meistens in Begleitung gut aussehender junger Männer in den hiesigen Cafes. Reden lässt sie den jeweiligen Verehrer. Ihr Beitrag zur Atmosphäre besteht darin, dass sie von Zeit zu Zeit die ins Gesicht fallende Locke nach hinten streicht.

Einige Jahre später läuft sie mir wieder über den Weg. Das Hinausstreichen der Locken aus dem Gesicht scheint sich gelohnt zu haben: Kavalierhaft begleitet vom Sohn einer Unternehmer-Familie verlässt sie soeben ein weitum bekanntes Speiselokal und trippelt, eine Locke aus dem Gesicht streichend, auf die vor ihr aufgezogene Autotüre zu.

Wo Leidenschaft und Sinnlichkeit stören würden, atmosphärisch aber doch erwünscht sind, etwa bei der Abwicklung von Geschäften, hat es sich als vorteilhaft erwiesen, sich derlei in die Haare zu schmieren: als rötliche Tönung.

Männer, beziehungsweise diverse Zwischendinge, die sich einfachheitshalber zu Männern stilisiert haben, bedenken zu wenig, wie viel an Skrupel, Feingefühl und Sinn für Harmonie ihre Begleiterinnen allein bei der Wahl der jeweiligen Fußbekleidung aufwenden, wie viele Kataloge und Modejournale sie durchgeblättert haben und dass trotz wohlüberlegter Bezugnahmen auf Anlass und äußere Verhältnisse den Trägerinnen der Boden unter den Füßen weich zu werden droht.

Damen, die Träume sein wollen, geben sich den Anschein, den schnöden Boden, auf dem die anderen kleben, nur noch wenig zu berühren, etwa indem sie die Beine vorne schmal übereinander stellen und wie kurz vor dem Abheben nur an einem Punkt Bodenhaftung behalten oder indem sie auf der Spitze des einen Fußes stehend den anderen nach hinten in die Höhe klappen, während sie ihrem Erwählten die Arme um den Hals legen, wodurch sie den Eindruck erwecken, dass sie im Begriffe seien, sich den Gesetzen der Schwerkraft zu entziehen.

Begriffe sind Schöpfgefäße, mit denen der Sprechende in die Tiefen des Unaussprechlichen langt. Verstehen kann er das Geschöpfte allerdings nicht, verstehen kann er nur die Beschaffenheit der Schöpfgefäße.

Deshalb wird wohl mancher, der mit dem goldenen Messbecher der Liebe in die Tiefe hinab langt, sich wundern, welche trübe Brühe da im edlen Gefäß zutage kommt.

Weil eine gute Mutter mit ihrem Kind auch nach der Geburt eng verbunden bleibt, unterscheidet das Kind sie nur ungern von der lebenspendenden

Arbeit des eigenen Organismus und hängt mit ähnlicher Zugehörigkeit an ihr wie es an den Fasern des eigenen Körpers hängt.

Wenn Eltern besorgt sind, dass die Tochter ihre besten Jahre mit einem Tunichtgut vergeudet, so meinen sie damit, dass sie es nicht verabsäumen soll, die Werte von Schönheit und Jugend gegen die von sicherer materieller Grundlage einzuwechseln.

Frau N. mit ihrer lieben Frisur, die sie sich eigens für das bevorstehende Klassentreffen hat anfertigen lassen, sieht man es an, dass ihr Mann sie immer „Schatzi" nennt.

Will in den späten Jahren die Liebe auch nicht mehr recht gelingen, Handtaschen schenken kann man auch nach siebzig noch.

In einem Film ein Paar nach einer Liebesnacht. Die junge Frau entspannt sich im Schaum eines Vollbades, summt behaglich vor sich hin, die Augen geschlossen, auf dem Gesicht ein abwesendes Lächeln.

Der Mann kommt ins Badezimmer, geht auf sie zu, in der Hand den surrenden Föhnapparat. Als der sich dem Badewasser nähert, entsteht ein furchtbarer Gedanke. Eine kleine Ewigkeit lang hält die Hand das Elektrogerät über dem Wasser, die Hand, in der die Mächte der Dunkelheit sich einen Kampf liefern mit den Mächten des Lichtes. Erschrocken, was in ihm vorgegangen war, ja, ihn beinahe ins Verderben gezogen hätte, reißt der Mann das Kabel aus der Steckdose und verlässt das Haus.

Nur wenige Kinder haben jemals gesehen, wie ein Schweinchen nach dem anderen blutverschmiert aus der stöhnenden Muttersau auf das Stroh heraus gezerrt wird, wie man ihm sofort eine Blechmarke ins rosafarbene Ohr zwickt, damit der Weg seines Fleisches verfolgbar ist; nur wenige haben Gelegenheit sich mitzufreuen, mit welchem Genuss es später die Küchenabfälle verschlingt und dann wieder erwartungsvoll aus dem Koben äugt, zufrieden und dankbar, was immer man ihm in den Trog schüttet. Kaum acht Monate am Leben, kommt eines Wintertages ein freundlicher, gut aussehender Mann ins Haus, im Rucksack ein paar furchtbare Geräte...

Diese Realität wird nicht nur von den Stadtkindern in wohlmeinender Absicht fern gehalten, vor allem die kultivierten Damen und Herrn in den gepflegten Speiselokalen sehen das Schwein lieber in fachmännisch verarbeiteter Form: auf dem Teller. In diesem Zustand sind sie ihm durchaus zugetan. Nach dem Essen promenieren sie zwecks Förderung der Verdauung unter anderem am Portal des städtischen Schlachthofes vorbei und werfen einen bewundernden Blick auf das Jugendstil-Relief über dem Torbogen.

Kinder, die im Zuge von Computer-Spielen Menschen wie Tontauben abknallen, ohne etwas von den Folgen am eigenen Leib zu spüren zu bekommen, verlieren auch abseits der Spielflächen an Mitgefühl mit Wesen aus Fleisch und Blut. Die Entwicklung führt von der magischen Verflechtung allen Lebens weg, weg von Menschenfreude und Menschenleid, hin zu Zahlenfreude und Zahlenleid.

Immer wieder, wenn die Erwachsenen mit ihrem Latein am Ende sind, laden sie die Kinder ein, sich zu aktuellen Themen wie Toleranz, Fremdheit, Heimat, Zukunft und dergleichen zu äußern. Denn wer wenn nicht Kinder könnten die Welt unvoreingenommen sehen und aus sich heraus neu denken, wer den ins Erwerbsleben hinaus Gestoßenen noch einmal einen Spalt ins verlorene Paradies öffnen?

Allerdings sind auch die Kinder, seit sie von Landesbeamten unter- richtet werden, nicht mehr Kinder, sondern noch nicht ganz brauchbare Gehilfen für die Aufrechterhaltung der herrschenden Zustände.

Seis drum. In ihrer Fügsamkeit schreiben sie mit Blick auf die in Aussicht gestellten Preise einige zum Thema passende Redeweisen der Erwachsenen zusammen und legen sie den Damen und Herrn der Jury vor.

Diese lassen die Köpfe hängen: Anstelle einer kindlicher Betrachtungsweise bekommen sie etwas geliefert, was es eigentlich zu überwinden galt: eine Mixtur aus gängigen Meinungen und Medienreste .

Und die Erwachsenen sind wieder nicht klüger geworden.

Mitten in der Eintönigkeit der häuslichen Geräusche plötzlich ein helles, übermütiges Juhu, auf geht's! Eine so schöne reine Kinderfreude habe ich schon lange nicht mehr gehört. Sie kann unmöglich von den Kindern meiner Gäste kommen. Ich schaue nach: Im Wohnzimmer läuft gerade das Kinderprogramm.

Früh kommt für die Kinder der Wendepunkt, weg von dem, was sie nährt und lebt und hin zu dem, wofür sie verwendet werden. Strahlt aus den Kindergesichtern noch die reine Zuversicht, so sehe man sich an, wie nach erfolgter Anpassung an die Erfordernisse die sich ergebenden Visagen aussehen.

Wie viel Leben ist als Träger für wirtschaftliches Wachstum notwendig, wie viel lässt sich davon erübrigen, um die Produktivität weiter zu steigern? Solche der Ökonomie entspringende Fragen dringen in Männer ein, die aus sich das störend Menschliche bereits von der Schönheit der Zahlen entfernt haben.

Allein dass ein Lebewesen vorhanden ist, heißt, dass es gesiegt hat. Lauter Sieger also, was sich rings um mich plagt und abrackert und neue Siege anstrebt. Nicht zufällig gibt es so viele Siegfrieds, Siegmunds, Sieghrts, Sieglinden u.ä..

Wenngleich unter Individuen viel Aufhebens davon gemacht wird, ob ich, du oder ein Dritter, dessen Geschlecht eigens anzugeben ist, etwas getan hat und, was geschehen ist, somit als Beiwerk von ich, du oder er, sie, es angesehen wird, besteht das Geschehene in erster Linie doch darin, dass es geschehen ist und erst in zweiter Linie ist von Belang, welcher Person und welchem Geschlecht es zuzuordnen ist.

Kleine Kümmernisse kann man aus eigener Kraft bewältigen, größere vielleicht in gemeinsamen Anstrengungen abwenden oder ihnen vorbauen. Im Widerstand gegen die übermächtigen Gewalten der Vergänglichkeit, Witterung und Schwerkraft wird nur selten einer seine Kräfte vertun, höchstens dass ein Artist sich nach jahrelangen Vorbereitungen dazu aufschwingt, die Schwerkraft für einige Sekunden als überwunden erscheinen zu lassen. Unglaublich! Toll! Dafür schlägt ihm von tief unten kommender Beifall entgegen.

Etwas, was größer ist als wir, fürchten wir, was kleiner ist, dem können wir furchtlos begegnen und unseren Gefühlen freien Lauf lassen; wir streicheln und bemuttern es.

Wollen wir uns etwas vertraut machen und es vereinnahmen, so verkleinern wir es sprachlich, unter anderem durch die Suffixe -chen und -lein : Väterchen, Händchen, Weiblein, Kirchlein, Rehlein... Durch das Verkleinern nehmen wir dem Bezeichneten das Ungeheure, das in jedem Objekt enthalten ist.

Wenn Leute in eine Situation geraten, in der nichts mehr zu retten, nicht mehr zu machen ist, überbrücken sie das Schlimmste, indem sie sagen: *Da kann man nichts machen.*

Ein Teil der täglichen Wortwechsel besteht aus „Danke vielmals!" „Weiterhin alles Gute" „Schönen Tag noch " "Danke, gleichfalls" und ähnlichem sprachlichen Leergut. So überflüssig es auf den ersten Blick auch zu sein scheint, seinen Tragwert spürt man, wenn einmal einer nicht grüßt oder nicht dankt.

Während man auf dem Boden der informativen Sprache sich leicht verstolpert oder ausrutscht, ist er an der Stelle der Floskeln angenehm trittfest.

Während ich, das eine gegen das andere abwiegend, mich um eine gerechte Darstellung einer Person bemühe, aber nicht sehe, auf welches Ende das Abwiegen hinaus laufen könnte, lockt mich immerzu die Bequemlichkeit, die Person auf gut oder böse hinzubiegen, wo sie dann jeder verstehen könnte.

So unfassbar das Verbrechen an dem im Wald gefundenen, wahrscheinlich vergewaltigten und erdrosselten Mädchen auch gewesen sein mag: Dass nun endlich die Überreste gefunden und in aller Form beigesetzt worden sind, bedeutet eine Wende in der Trauer der Angehörigen. Ruhig und gefasst stehen sie jetzt vor dem Grabhügel.

Man müsste das Gieren, Erpichtsein, Täuschen, Druck machen, Danebengeraten und woraus N. sonst noch besteht, nur durch einen Trauerredner durch faschieren, dann sähe das gar nicht mehr so übel aus.

Es schwirrt mir so viel Zeug um die Ohren, dass, obwohl die Schwerkraft mich zu einem Ruhebedürftigten macht, kein ruhiges, für längere Zeit gültiges Bild von mir selber zustande kommt. Sobald ich mir, um handeln zu können, doch eine Maxime für mein Handeln zurechtlege, zögere ich wieder, weil auch das Gegenteil allerlei für sich hat.

Inmitten der Unüberschaubarkeit der mich betreffenden Geschehnisse gibt es immerhin auch drei feste Punkte: Frühstück, Mittagessen und Abendessen.

Sowie ich außerhalb des Üblichen etwa tun möchte, brauche ich einen Grund dafür. So etwa fällt es mir schwer, nur so abends zum Nachbarn zu gehen; da hätten wir beide ein ungutes Gefühl.

Zum Glück habe ich am Vormittag ein paar Parasole gefunden. Die kann ich ihm, dem Pilzliebhaber, hinüber bringen. Dabei ergibt sich das eine aus dem anderen, und wir verbringen miteinander einen gemütlichen Abend.

An einem lauen Sommerabend sich nicht mit einem liebevoll belegten Brot und einem Glas kühlen Weißweins in den Hauswinkel gegenüber der sinkenden Sonne zu setzen, käme einer Missachtung der Schöpfung gleich.

Die jeweiligen Nuancen und Veränderungen im Blau, das an gewissen Tagen metallisch blank und nur oberhalb des Horizonte etwas aufgehellt erscheint, an anderen von flaumigen Wattewölkchen durchzogen und zu Wanderungen einladend, dann wieder wüst zusammengeschobene, plump drohenden Haufen, in deren Ballungen schwer zu enträtselnde Orakelsprüche enthalten zu sein scheinen, besorgt beobachtet vor allem an Lostagen: So oft einer fragend zum Himmel aufschaut, immer erscheinen dort andere Zeichen.

Was für ein fadenscheiniger Sommer! Nicht einmal im August ist der Anorak vom Kleiderhaken weg zu bringen.

Die Sehnsucht nach Ruhe und Frieden ist die dem Menschen zugewandte Seite der Gravitation.

Der andere als das unvollkommene Ich

Wie die im Herbst von den Bergen herab getriebenen Schöpsen verzweifelt gegen die Bretter der Einpferchung springen, so springt auch meine Phantasie mit zunehmendem Alter immer öfter gegen die Wände des Altbekannten.

Es ist gefährlich, sich in jene Bereiche abgleiten zu lassen, wo die Begriffe nicht mehr greifen, die Werte ihre Gültigkeit verloren haben und es keine Zusammenhänge mehr gibt. Wo einmal Automatismen das Lenkrad fest in den Händen gehalten haben, nunmehr unentwirrbares Durcheinander von frei gewordenen Kräften, weitum keine Anhaltspunkte, worauf das Ganze hinaus will, keinerlei Verlässlichkeit, jeden Moment kann das vorhanden Geglaubte sich als bloßes Gerede erweisen.

Ich habe kein lautlich geregeltes Verhältnis zu dem, was mich umgibt und bestimmt, ich erlebe mich als dumpfen Brocken, der gegen Widerstände prallt, wobei Geräusche entstehen. Da ich diese nun schon ein Leben lang aushorche und mit Hilfe gewisser Redundanzen zu deuten versuche, kann ich an der Art des Widerhalls Anhaltspunkte gewinnen, welches Verhalten für die Aufrechterhaltung meiner Brockenform von Nutzen ist.

Das Alter bringt auch allerlei Vorteile mit sich. So brauche ich auf meinen Besorgungsgängen durch die Kleinstadt nicht mehr hinzusehen, wer mir gerade entgegen kommt; höchstwahrscheinlich bin ich der ältere, muss also nicht mehr als Erster grüßen.

Dreimal habe ich heute schon Grüße erwidert, öfter mag ich nicht. Ist ohnehin alles derselbe euphemistische Brei, dem gegenüber es genügen sollte, ihn einmal zu grüßen.

Neben dem Urinieren her wende ich meinen Kopf zur Seite in den Spiegel. Pah, breit ist er in letzter Zeit geworden, kraftlos und frustriert in den Körper eingesunken ist der Halsstrunk, lustlos hängen die Gewebe, die einmal nach oben wollten. Besonders die Mundwinkel hängen wie die Lefzen einer Dogge schlaff nach unten. Ich versuche, sie kurz nach oben zu ziehen. Nichts zu machen. Die aufwärts ziehenden Muskeln schaffen nur ein nervöses Zucken; die Passivität hat sich zu einer unverrückbaren Linie in den Gesichtspapp eingraviert.

In den Kokon der Wohlfahrt eingesponnen, lasse ich mich täglich von den Katastrophen und Gräueln ferner Länder und vergangener Zeiten beleben. Sicherheit und Sattsein vermitteln mir keine Belebung, kein Gefühl, es sei denn das des Überdrusses. Damit ich mein Dasein spüre, brauche ich immer wieder das Grauenhafte, geschöpft aus von mir ängstlich gemiedenen Gebieten.

Der Fußball hat im Laufe der Ballannahme, des Dripplings und Abspiels durch den Stürmer Olson einen dermaßen komplizierten Verlauf aus abgefälschten Kurven, Abprallern, Beschleunigungen und gleichzeitigen Drehungen um den eigenen Mittelpunkt vollführt, dass der Kommentator den gesamten Bewegungskomplex nur dadurch wiedergeben kann, dass er *Olson* sagt.

Hat sich meine Generation noch mit den toten Sprachen als den Wurzeln unserer Umgangssprache befasst, hat sich Zeit genommen, ihr auf den Grund zu gehen, ihre Geschichte zu studieren, so schult man die Generation der Enkel, noch bevor sie die eine Sprache verstehen, bereits auf eine zweite, dritte, allenfalls vierte Sprache ein. Wurzellos geworden ziehen sie von einem Gemeinplatz zum anderen, um dem zu entkommen, was die Muttersprache, wenn sie bei ihr geblieben wären, ihnen am Ende gesagt hätte.

Die in sich kreisenden und interagierenden Bewegungen der Worte, auf denen die abendländische Kultur beruht, kann logischer Weise zu keinem anderen Ursprungsmythos kommen als: Am Anfang war das Wort.

Der Rollstuhlfahrer sieht die Welt mit den Augen des Rollstuhls.

Biegt ein Auto ums Hauseck und bleibt vor mir stehen: Außen, im Design, in Linie und Farbe eine glänzende Persönlichkeit, innen eine schrottreife.

Es wirkt feindselig, wenn ein Dorfbewohner an einem anderen wortlos vorüber geht. Ein Gruß als ausdrückliche Darlegung friedfertiger Gesinnung scheint notwendig zu sein, um die spürbare Andersartigkeit, ja, Fremdheit zu überbrücken.

Nachdem ich weiß Gott wie lange ohne Glück oder Unglück zu verspüren die ringsum herrschenden Gewohnheiten mitgemacht habe, durchschlägt plötzlich etwas Außergewöhnliches die Eintönigkeit: ein Einfall!

Toll! Ich möchte am liebsten mit erhobenen Händen aus dem Haus laufen und den Nachbarn zurufen: He, ihr da, ich bin noch am Leben.

Der Literat als Person ist der ungenießbare Bodensatz seiner Literatur.

Ein Dichter soll sein wie ein Eichenfass: dicht nach außen hin und innen voll berauschender Substanzen. Derjenige freilich verdient die Bezeichnung nicht, dem es ständig heraus tröpfelt: in die Tagesaktualität.

Dass der Jubilar von seiner innerer Bewegtheit spricht, lässt erkennen, da*ss* die menschliche Unruhe auf Wegen und nicht irgendwo im unwegsamen Gelände sich verläuft.

Bei gut gekleideten Leuten fällt es einem leicht, ihnen zu gratulieren und für die Zukunft alles Gute zu wünschen. Soll man jedoch einem Unrasierten mit Flecken auf der Hose gegenüber dieselben Gehörigkeiten erbringen, zögert man doch ein wenig.

Obwohl der Maler N. N. in Kunstkreisen bereits einen Namen hat und von seinen Verkaufserfolgen sich einigermaßen über Wasser halten kann, ist er für seinen Schwiegervater, einen Polizisten, ein Versager, eine Existenz auf unterster Stufe. Solchen Verhältnissen möchte er seine Tochter nicht länger aussetzen und tut, was ein besorgter Vater eben zu tun hat. Nach diskreter Vorsprache in der Polizeidirektion kann er dem Schwiegersohn anbieten, ihn vielleicht bei der Polizei unterzubringen.

Auf einem Fortbildungskurs für Lithographie versucht der Hobby-Maler N. zwar dem gestellten Thema entsprechend die Sintflut darstellen, herausgekommen ist am Ende aber wieder sein über alles geliebter Hund.

Um der allzu menschlichen Sichtweise auf die Welt entgegen zu wirken , ist es nötig, die Menschen sachlich zu beschreiben und umgekehrt: die Sachen als beseelt darzustellen.

Einer meiner Onkel hat seinerzeit, wenn ihm etwas nicht Bekömmliches aufgetischt wurde, auf die Frage, ob es ihm nicht schmecke, verschmitzt geantwortet: *Doch, doch, es ist ja sehr gut, man müsste es halt noch - durch ein Schwein durchlassen.*

Ähnlich ergeht es mir bei mancher literarischen Kost. Die eine ist versüßt, die andere versalzen oder durch Moral und aufdringlichen Schönheitssinn ungenießbar gemacht, sodass ich im Sinne meines Onkels meine, dass die geschilderten Geschehnisse an sich gut seien, man müsste sie halt noch - durch einen Dichter durchlassen.

Es müssen unsagbar köstliche Dinge gewesen sein, die von Oma detailreich erzählten in einer Kahlschlag der Nachkriegszeit gesammelten Walderdbeeren, die aus den vor Begeisterung zerrissenen Sätzen heraus den Kindern entgegen duften, während sie die großen fad schmeckenden aus dem Kaufhaus, keines Blickes würdigend, zerdrückt und mit Schlagobers und Zucker verrührt.

Im Teller bald nur noch Schlieren von Schlagobers, durchzogen von hellem Rosa. Die Enkelin wischt sich mit dem Handrücken Spuren der beiden Erdbeerarten vom Mund ab.

Unter der Decke der Zivilisation sind die Erwachsenen immer noch Kinder und dankbar, wenn das Kindliche in ihnen angesprochen und zu neuem Leben erweckt wird. Wie leuchten die müden Augen der Greisin auf, wenn sie eines der Enkelfotos vor die Brillen bekommt; das Furchensystem des Gesichts verändert sich auf eine Weise, dass man kurz das kindlich arglose Mädchen erkennen kann, das sie einmal war.

Für eine Oma gibt es nichts Schöneres, als dem neugeborenen Enkel entzückende Hauberln und Patscherln zu stricken. Später freilich, wenn der Zweijährige zu Besuch kommt und mit dreckigem Schuhzeug über die Stiegen auf und ab trampelt, möchte sie ihm am liebsten ein paar hinter die Löffel geben.

Dass, in den Konstellationen von Mond, Planeten und Galaxien begründet, am Donnerstag, den 3. Mai ein Pflanztag ist und also alle anderen Vorhaben hinter das des Anlegens des Hügelbeetes zurück zu stellen sind, das macht die Gartenfrauen zu unbeugsamen Autoritäten. Die aus den stellaren Verhältnissen abgeleitete Sicherheit verleiht ihnen Macht über die, die unentschlossen und lustlos herumstehen. Selber schuld, wenn sie an nichts glauben .

War Frau N. in der Schule auch keine Leuchte und ist kaum einmal aus ihrem Dorf hinaus gekommen ist, in einem Punkt hat sie festen Boden unter den Füßen und meldet sich, egal in welcher Gesellschaft, zu Wort: Wenn einer ein gestreiftes Hemd zu einem karierten Sakko trägt. Das passt einfach nicht, da können die mit ihrem Magister noch so gescheit reden; dank solcher Regelkenntnisse kann sie in jeder Gesellschaft bestehen.

Den Eheleuten fällt es leichter, mit ihrem Verhalten sich auf die altbekannten Üblichkeiten der Ehe zu beziehen als auf die immer fremder werdend andere Hälfte der Ehe.

Die Kulturreisenden ersparen sich die Unannehmlichkeit, mit dem oft elenden, konfliktreichen und zum Scheitern verurteilten Leben einzelner Forscher, Maler, Dichter, Philosophen und dergleichen mitzuleiden, sich von ihren Zweifeln zerfressen zu lassen und ihre Rückschläge nachzuvollziehen. Anstatt sich also auf das Modale an ihnen einzulassen, was auch zu Hause anhand eines Buches möglich wäre, weichen sie auf das Lokale aus, indem sie die entsprechenden Geburts- , Schaffens - und Sterbensorte aufsuchen.

Für unüberschaubare Sachverhalte brauchen die Leute eine überschaubare Darstellung. Diese bietet sich ihnen im jeweils zuständigen Verantwortlichen. Im Vergleich zu den Sachverhalten selbst hat eine Vorsprache bei ihm den Vorteil, dass er sich stets freundlich und verständnisvoll zeigt und so der spürbar werdenden Unüberschaubarkeit ein Gespräch lang Einhalt gebietet.

Nicht zuletzt dadurch, dass den Journalisten zu wenig Zeit bleibt, gründlich zu recherchieren, das Für und Wider gewissenhaft abzuwägen und angemessen zu formulieren, kommt es zum Eindruck, dass eine Lügenpresse das Land in der Hand hat, eine, hinter der Dunkelmänner die Fäden ziehen.

Schönheit und Glück bilden eine dünne Schutzschicht über dem heillosen Geschehen, das aus dunklen Tiefen herauf uns oft zu unserem Nachteil umher stößt. Welche tektonischen Spannungen und Schübe dort unten im Gange gewesen sein mögen, davon zeugen die als unschön geltenden Verspannungen in den Gesichtern .

Treue und Dankbarkeit sind Stoffe, aus denen die Praktiker reißfeste Seile für Seilschaften herstellen.

Eine aus lauter Rücksichten bestehende Person

Sie essen, als ob sie wüssten, wozu sie sich stärken, sie arbeiten mit Augenmerk auf schnell und genau. Dass die Vordermänner den Schritt wechseln, ist ihnen Grund genug, den ihren daran anzupassen. Gerät einer jäh aus der Reihe, sieht er nicht mehr, wie und wohin es weiter gehen soll. Erst mit dem letzten Atemzug reißt er die Augen auf und sieht.

Eine Folge der Sesshaftigkeit ist, dass Zorn, Neid, Schadenfreude und andere Untugenden, die bei unsteten Naturen rasch wieder verrauchen, bei den Sesshaften lebenslang anhalten.

Wenn einer im vorgerückten Alter sich fragt, wozu er noch nütze sei, welchen Sinn dieses Herumsitzen, Mitessen und Mitreden noch habe, ob es nicht besser sei, sich selber aus dem Weg zu räumen, so ist zu vermuten, dass er als Kind nur dann gemocht wurde, wenn er sich auf irgend eine Weise nützlich gemacht hat.

Was für ein Druck in den guten Jahren, Mann oder Frau sein zu müssen und welche Erleichterung im Alter, nur noch Mensch sein zu sollen und das nur für den Fall, dass einem danach zumute ist!

Langleber nenne ich Menschen, die zwecks Verlängerung ihres Lebens soviel Energie zu seinem Schutze aufwenden, dass im Ganzen mehr Absicherung als Leben vorhanden ist.

Geht es mit einem der Alten dem Ende zu, so ist das nichts Tragisches, sondern normal wie Zeugung, Geburt und Aufwachsen. Tragisch erscheint das Ende nur dann, wenn einer, der seine Tage im Stil eines Langlebers zugebracht hat, mitten in den Langlebeversuchen von der Kurzlebigkeit überrascht wird.

Bei Partezetteln, also schriftlichen Benachrichtigungen über das Ableben eines Bekannten oder Verwandten, ist es wichtig, die Nachricht auf gut verleimtem Papier zu drucken, damit der, den die Nachricht erreicht, in dem festen Papier zumindest physisch Halt findet.

Nie sehen die Leute so unbeholfen, schlecht proportioniert und verbaut aus, nie drückt es ihnen die Hüften so aus der Symmetrie , wie wenn sie vor den Sarg eines Mitbewohners hintreten und ein paar Sekunden still stehen.

Das meiste, was einmal heilig war, ist inzwischen entzaubert, die Nackedeien und Brutalitäten sind durchgespielt; selbst der Tod ist mediale Massenware geworden, abgespult von schätzungsweise zehn Fernsehsendern pro Abend.

Wo, ihr bedauernswerten Theaterleute und Filmproduzenten, wo wollt ihr noch Neues, Unerhörtes hernehmen, wie einen Skandal zustande bringen?

Ich für meinen Teil sehe da schon noch etwas. Allerdings gibt das geschäftlich nichts her. Im Gegenteil, es verscheucht das bisher bei der Stange gebliebene Publikum. Ich meine das Durchtreten der faulen Bretter im Sprachboden unter unseren Füßen.

Verglichen mit den Mühen des Aufbaus von Organismus und Charakter in den ersten Lebensjahren, später dem Zwang zu Erfolg und Ausformung eines eigengesetzlichen Daseins, den Ängsten, den in mich gesetzten Erwartungen nicht gerecht werden zu können - verglichen mit solchen Bedrängnissen erscheint es durchaus nicht schlimm, wenn in den späteren Jahren das eine oder andere teilnahmslos an mir vorüber zieht, wenn die früher lockenden Berge mir zu verstehen geben, dass sie ganz gut auch ohne mich auskommen und schließlich alles zusammen im blauen Dunst der Vergangenheit aufgeht, kurz: wenn die Welt von mir abfällt. Nein, dieser Vorgang wird zu Unrecht gefürchtet, denn es handelt sich um eine einzige Erleichterung.

Ich habe geschrieben, den ganzen Vormittag lang. Erschöpft und zufrieden trete ich auf den Balkon hinaus. Die Straße darunter ist leer, leer die Gärten; im gesamten Gesichtsfeld keinerlei Veränderung.

Wunderbar.

Die Ruhe kommt mir, wie ich im Nachhinein merke, besonders dann zustatten, wenn ich eine schwer fassbare Angelegenheit zu Papier bringen möchte. Zwar bewirkt sie von sich aus nichts, aber sie hilft mir dadurch, dass sie keine störenden äußeren Veränderungen beinhaltet. Ruhe ist wie ein unbeschriebenes Blatt, bereit aufzunehmen, was aus dem sogenannten Inneren ans Tageslicht drängt. Deshalb gibt mir der ereignislose ländliche Umgebung mehr als die sogenannten inspirierenden Orte.

Das mag auch erklären, warum ich so gern über den Tod schreibe. Er ist nämlich, weil ich nichts von ihm weiß, wie ein weißes Blatt, das ich entsprechend den jeweiligen Stimmungen bemalen darf.

Ich setze meine spärlichen Kräfte nicht gerne dafür ein, die mich umgebenden Verhältnisse zu meinen Gunsten zu ändern. Statt dessen hocke ich stundenlang im sonnigen Winkel zwischen Haus und Holzhütte und lasse geschehen, was geschieht, neugierig, wohin die einzelnen Kräfte tendieren und wohin das Geschehen mich mitnimmt. Im Augenblick des Entstehens erscheint das gerade Vorgehende zwar befremdend, beliebig und ziellos; im Nachhinein aber sieht es aus wie ein Weg. Mein Weg.

Es gehört zur Struktur des Alterns, dass das heile Ganze zusehends von Rissen durchzogen wird und in Einzelheiten zerfällt. In diesem hier vorliegenden Sammelsurium an Texten ist analog dazu zu erkennen, dass die Textblöcke seit den letzten Büchern kürzer geworden sind, so dass, wenn ich die Tendenz zu Ende denke, die Splitter kleiner werdend sich dem Nichts nähern.

Auch im Bild eines Menschen, das ich abgegeben habe, bilden sich nicht zu übersehende Krakelen; die Farbkrusten bröseln ab von Begriffen wie Mann, Familienoberhaupt, Österreicher; desgleichen habe ich mit den meisten Schriftstellern nur noch die Berufsbezeichnung gemeinsam. Es lässt sich nicht länger verheimlichen: Die Bestandteile sind der spezifischen Zusammensetzung unter dem Etikett meines Namens überdrüssig und machen Anstalten, ihrer eigenen Wege zu gehen.

Drei Mythen *Für den Bergläufer Hans Müller aus Rennweg*

Es war einmal eine Einkerbung im Gebirge; sie eine Gegend zu nennen, wäre bereits zu viel der Ehre. So unkultiviert ging es dort her, dass nicht einmal der Fuchs, wie in anderen Landstrichen üblich, abends zum Hasen *Gute Nacht!* sagte, sondern ihn ohne die primitivsten Essmanieren verspeiste. Nur wenige Langlöffel entkamen diesen zur Normalität gewordenen Grausamkeiten; mit letzter Kraft retteten sich einige über die Baumgrenze hinauf in die Kare, wo sie sich unter Steinplatten schützende Höhlen ausbuddelten und unter sorgenvollem Gemurmel Gras für den Winter einlagerten, weshalb sie sich selber *Murmler* nannten.

An einem der Abende vor dem großen Winterschlaf erzählte die Familienmutter, die sich noch an die schlimmen Zeiten im Tal erinnern konnte, ihren Kleinen schaurige Geschichten vom bösen Fuchs und den nicht weniger gefährlichen Liesertalern, einer gut im Futter stehenden Population, deren Gefräßigste sich erst vor kurzem von vier Beinen auf zwei aufgerichtet hatten, damit ihre Fressbäuche genügend Platz vor sich hatten.

Am Fuße des Berges lauernd, ergreifen sie alles, was sie zu fassen bekommen und schrecken – schreibt es euch gut hinter die Ohren - auch nicht davor zurück, friedliebende Murmler zu töten, um sich ihrer im Laufe des Sommer angesammelten Fettvorräte zu bemächtigen, erklärte Mutter den verängstigt lauschenden Jungen.

Sie hatte noch nicht zu Ende erzählt, da sanken die Jungen schon zur Seite, und die beiden Alten decken sie mit ihren warmen Bälgen zu. Als sie nach einem langen Winterschlaf wieder die verklebten Augenlider aufklappen, nun ja, was sahen sie da? Zuerst nichts vor lauter grellen Lichts, das von allen Seiten her auf sie einprasselte. Noch steif in allen Gelenken tappten sie aus der Höhle und blinzelten um sich: Nichts als Steinhalden und schiefriges Geschiebe, in einzelnen Mulden schäbiger Altschnee.

Plötzlich richtete sich der Alte hoch auf die Hinterbeine auf, die Bartfedern zitterten: Ein Lie, ein Lie, ein Liesertaler,! pfiff er schrill, dass es von den gegenüberliegenden Kalkwänden hallte. Flugs waren die Kleinen in der Höhle. Nur ihre vor Angst zuckenden Glubschaugen und die zitternden Bartfäden schoben sie dann und wann aus der Deckung hervor. Tatsächlich hastete da einer den ausgetretenen Wildsteig herauf, ein Zweibeiner wohlgemerkt! Der scheint ja zu fliehen! Und wie er Arme keucht! bemerkte Mutter nach einem zweiten Blick.

Vorsicht, Deckung! pfiff Vater noch einmal, dass es über das Geröll hin hallte. Liesertaler sind zu allem fähig. Mutter winkte mit sanfter Pfote ab. Keine Angst, das ist mitnichten einer von der gefräßigen Sorte, sonst hätte er mehr Fleisch auf den Rippen.

Du hast recht, gute kluge Frau, der sieht ja elend aus! Bewahre Gott mich davor, dass ich jemals so vom Fleische falle wie der, bekreuzigte sich der gottesfürchtige Familienvater und warf einen zufriedenen Blick auf sein Wänstlein, das ihm sogar nach diesem langen Winter geblieben war. Zweifelsohne ein Außenseiter, kombinierte das Familienoberhaupt, ein weiß Gott warum Verfolgter. Kommt ruhig heraus und schaut euch den an: als Beispiel, wie es einem ergeht, der sich nicht in die Gemeinschaft einfügt, nützte der Vater auch diese Situation zu edukatorischen Zwecken .

Von unten her wurden rauhe Stimmen vernehmbar.

Höhö, warte, bleib stehn! Wir meinen es gut mit dir!

So ungestüm und wirr durcheinander riefen sie, dass aus dem Stimmengewirr nicht mehr herauszuhören war als die Aufforderung, nicht zu fliehen.

Und was ist das da unterhalb der Wegbiegung, fragte mit zitternden Bartfäden der Jüngste der Murmler? Tatsächlich, zwischen dem verkrüppelten Gehölz der Baumgrenze stolperten gedrungene Figuren aufwärts. Heiser durcheinander grölend hetzten sie dem Fliehenden nach: Warte doch, Hans, du Lieber, bleib stehen, wir meinen es gut mit dir! Du sollst auch rund und wohlgenährt werden wie wir.

Jetzt, wo die Karbewohner ihre Pupillen auf Fernsicht gestellt hatten, konnten sie Einzelheiten erkennen: Dralle, im zweibeinigen Laufen noch ungeübte Liesertaler, ungelenk die Beine nach vorne stoßend, allen voran ein paar dralle Maiden, die die feisten Arme nach ihm ausstreckten, aber nichts zu fassen bekamen.

Den Karbewohnern oben blieben die Mäuler offen, ihre prächtigen Eckzähne blinkten im Sonnenlicht. Eine Weile glotzten sie erschrocken auf die Verfolger mit ihren Schnitzelklopfern, Pfannen und Rührbesen, dann wandten sie sich an den Verfolgten, der seinen Häschern nur noch die hinten aufsichelnden Fersen zeigte. Heftig mit den Pfoten fuchtelnd spornte die hoch aufgerichteten Murmler ihn im Chor an:

Renn weg, renn weg!

Wer Ohren hat, der hört noch heute, wie der Nachhall der Aufforderung von den Felswänden hallt. Ob es dem bergwärts Hetzenden aber tatsächlich gelungen ist, den Liesertalern mit ihren Küchengeräten zu entkommen, ist nicht überliefert.

Auf jeden Fall würde man es ihm wünschen.

Karantaniens ältester Mythos berichtet, dass in den Sümpfen rings um die heutige Hauptstadt einst ein Ungeheuer die Landesbewohner in Furcht und Schrecken versetzt habe. Zu guter Letzt aber sei es, wie das Denkmal am Neuen Platz der Hauptstadt darstellt, von einem Heroen mit Hilfe eines gewaltigen eisernen Widerhaken aufgespießt und mittels einer Morgensternkeule erschlagen worden.

Gänzlich gebannt war die Gefahr indes noch lange nicht. Immer noch reckten kleinere und mittelgroße Ungeheuer ihre unersättlichen Rachen aus dem Sumpf und forderten die Kämpen des Landes bei ihrer Ehre dazu auf, ihre Mannhaftigkeit durch Taten unter Beweis zu stellen.

Einem der Sumpfungeheuer war zufolge seiner List und Wendigkeit besonders schwer beizukommen. Sobald seine Verfolger die Speere in seine Richtung schleuderten, war dort nichts mehr außer Schlamm und Morast. Die Häscher sahen gerade noch, wie etwas Braunes hinter einem mit Schilf bewachsenen Erdhügel verschwand, worauf hin sie mit Hurra dorthin ruderten, um ihre Tötungsgeräte just an der Stelle des Untertauchens ins brackige Wasser zu stoßen. Auf stieg nichts als aufgewirbelter Schlamm, kein Tropfen Blut! Derweil sie noch immer dorthin starrten, raschelte es auf der anderen Seite der Schilfinsel. Frech lugte es ihnen zwischen dem Röhricht heraus entgegen, ja, blinzelte ihnen nicht ohne Schadenfreude zu und war schon wieder weg.

Es war eine goldene Zeit für alle, in deren Adern Heldenblut floss, insbesondere die mit Spitzfedern gewappneten Recken der schreibenden Zunft, wobei es, nota bene, dem fintenreichen Wesen zu danken war, dass sie wieder einmal hinter den Öfen hervor kamen und alle Fähigkeiten und Kräfte gebrauchen mussten. Das Ungetüm selber dümpelte weiterhin ungefährdet einmal da, dann wieder dort in den warmen Mooren und ließ seinen Panzer von der Sonne Karantaniens erwärmen.

Derweil zeigten draußen an den Ufern die Recken aller Waffengattungen dem schaulustigen Publikum ihre blinkenden Säbel mit den Blutrinnen, die Steinschleuderer zielten mit grimmigen Mienen dorthin, wo sie eine Unruhe ausmachten, die Keulenschwinger ließen ihre Muskel im Sonnenlicht erglänzen; anwenden mussten sie sie nicht. Ehe all der Heldenmut auf die Probe gestellt wurde, erledigte sich die Angelegenheit von selber: Eines Morgens lag das Ungetüm reglos am Ufer: ohne Stichwunde, ohne Zeichen von Feindeinwirkungen.

Keiner konnte sich seinen Tod erklären.

Hauptsache es herrschte wieder Ruhe und Sicherheit im Lande, mithin freilich auch eine Flaute für kämpferische Naturen, die nun nicht mehr sahen, wohin mit ihren funkelnden Säbeln und zackigen Morgensternen. Graue, ereignislose Tage zogen ins Land, das jetzt verlassen aussah; keinerlei Gelegenheit zu glänzen, kein Ruhm zu erwerben, eine Zeit, die nicht in die Geschichte eingehen würde.

Im Licht der neuen Situation gewahrte man nun, wie viel kleines lächerliches Ungetier und garstige Amphibien sich ringsum in unansehnliche Tümpeln, Kloaken und Pfuhlen regte . Wohin man schaute und horchte: nichts als Widerwärtigkeiten, die nicht der Rede oder gar des Zustoßens einer Waffe wert waren. Hatte sich vordem die Herkunft allen Unbehagens eindeutig verorten lassen, so war es nunmehr unmöglich, den Punkt ausfindig zu machen, auf den hinstechend, hinschießend oder hindreschend man das Land hätte retten können.

Die Recken von damals aber standen weiterhin in heldenhaften Posen am Randes des großen Sumpfes, immerzu gewärtig, sich Tatenruhm zu erwerben.

Vergebens. Sowie sie etwas im Röhricht rascheln hörten und hinschlugen, hüpften dort ein paar elende Amphibien zur Seite.

Einer der strebsamen Männer meiner Verwandtschaft hat seinerzeit in der Taufe den Namen Franz erhalten. Den Eltern blieb es unbenommen, mit dem Namen gewisse Wünsche und Erwartungen zum Ausdruck zu bringen, zumal fast alle Männer dieses Namens , und es waren ihrer nicht wenige, den Eltern Ehre bereiteten.

Realiter freilich war nicht abzusehen, was aus dem feistschenkeligen Etwas im Steckkissen einmal werden würde. Es spricht einiges dafür, dass der fröhlich unbeschwerte Heilige aus Assisi, dem man den Neugeborenen anempfohlen hatte, da doch in Kenntnis der Natur des Anempfohlenen mit den Schultern gezuckt und den Apostel Petrus gebeten hatte, sich dieses Falles anzunehmen, sintemalen der ja für Gestein aller Art zuständig war, mithin auch für Beton und Ziegel. Jedenfalls stand und steht Petrus, der ja den Stein bereits in seinem Namen trägt, dem Täufling geistig wie auch praktisch näher als Franziskus, der Freund der unbehausten Lebewesen. Weil der Name aber doch etwas über seinen Träger aussagen soll, sei er im Folgenden Peter genannt..

Wie die Schildkröten und andere Schalentiere den größten Teil ihrer Lebenskraft in die Bildung eines Schutzpanzers investieren, steckte nämlich auch er all sein Denken, Fühlen und Trachten in die Panzerung, eine ihn nach oben wie auch nach allen Seiten hin abschirmende Ummantelung, vulgo Haus. Nach dessen Fertigstellung brauchte es nur noch eines: die dazu passende Frau, eine häusliche, sparsame, reinliche, fleißige natürlich. Kein Problem: Mit einem fertigen Haus hat jeder Bursche es bei den Mädchen leicht, da kommt es auf ihn selber gar nicht mehr an.

Die, die Peter nach Abwägung aller Vor- und Nachteile als Braut über die Schwelle getragen hatte, steigerte die durch den Rohbau in Gang gebrachte Häuslichkeit durch allerlei Schutzschichten wie Deckchen und Teppiche und indem sie allgemein als lieb empfundene, in gleichmäßige Falten gelegte Gardinen vor den Fenstern anbrachte, damit ihr die Nachbarn nicht mit den Ferngläsern in die Suppenschüssel herein spähen konnten, die neugierigen, obwohl sie selber die gleichen Suppen und Knödel in ihren Schüsseln hatten.

Am besten also, man schirmte die gesamte Parzelle mit einer hohen, blickdichten Hecke ab, als Einlass eine schmale Bresche darin, gesichert durch eine elektronische Toranlage. Damit die Abweisung aber nicht wie eine solche aussah, pflanzte die Hausherrin je einen Rosenstock links und rechts davor hin.

Petra hatte überhaupt einen untrüglichen Sinn für alles Schöne und Liebe. Am liebsten hätte sie auch über ihren Mann etwas selbst Gehäkeltes gebreitet, denn mit seinen groben Händen und der knochigen Figur fiel der ästhetisch denn doch merklich ab vom Niveau des übrigen Inventars.

Selbiges konnte sich bei Gott sehen lassen und ließ man denn auch sehen, insbesondere das Wohnzimmer, das eigentlich eine Schauzimmer war. Rund um den mit einem bestickten Leinentuch bedeckten Tisch rustikale Stühle, aus deren Lehnen je ein Herz ausgeschnitten war. Wenn man sich auf einen hinsetzte, spürte man es im Rücken und zuckte zusammen, denn es war Peters Herz, sein Sonntagsherz; für Werktags genügte die Pumpe unter den Rippen. *Da habe ich eine Truhe aus Zirbenholz*, erklärte er das Prachtstück als Teil seiner Person, *da habe ich einen Kamin für gemütliche Abende*. Sich selber so etwas zu gönnen, fand er keine Zeit. Zu vieles wartete noch auf einen idealen Endzustand. Leider aber wurden, noch bevor der erreicht war, bereits die ersten Reparaturen fällig.

Zusammenfassend kann man sagen: In dem Maß, wie das Haus gewann, verlor sein Erbauer; zu einem abgenützten Mehrzweckgerät hat es ihn degradiert, von einer unfertigen Stelle zur anderen hat es ihn weiter kommandiert. Statt dass er nach getaner Arbeit sich einen guten Tropfen eingeschenkt und sich zu seiner Frau auf die Couch gesetzt hätte, mit einem Aug in einem Heimatfilm, mit dem anderen auf den Knien, die zwischen den Zipfeln des Bademantels der Frau zum Vorschein hervor lugen, umkreiste er nervös das Haus, rupfte da ein Unkraut zwischen den Steinplatten heraus und rückte drinnen verrutschte Teppiche und Bilder zurecht.

Ohne dass er es merkte, schnürten sich oberhalb der Nase zwei tiefe Falten in die Stirn: ein Zeichen, dass er dachte. Und was herauskommt, wenn einer wie er denkt, liegt auf der Hand: Ein Zubau oder eine Aufstockung, im fortgeschrittenen Stadium vielleicht ein Zweithaus.

Den ersten nachweislichen Peter hat es vor zirka 2000 Jahren gegeben, den Urpeter, den Petrus. Im Jausensack ein Stück hartes Brot, das er, um es leichter mummeln zu können, ins Wasser tauchte, ruderte er im Morgengrauen in die kalten Nebel hinaus; knurrenden Magens und mit durchnässten Klamotten kam er gegen Mittag , im Behälter ein Häufchen wuselnder Meeresbewohner, wieder zur Hütte zurück. Den krabbelnden und im Todesangst zuckenden Beifang verkochte seine Frau zu einem Ragout, das sie so raffiniert würzte und zubereitete, dass man fast vergaß, was für ein wabbeliges Gezapps man sich da einverleibte. Was einigermaßen nach Fisch aussah, mit dem fuhr der redliche Mann am nächsten Morgen auf dem Markt. Mit dem Erlös kaufte er Bretter und Nägel, um Boot und Hütte einigermaßen instand halten zu können.

So regelmäßig er nun schon seit seinen Knabenjahren dieser Art von Broterwerb nachging und bei Gelegenheit sich auch ein Zubrot verdiente, indem er allfällige Maurerarbeiten bei den Nachbarn verrichtete : Immer wieder entdeckte seine Frau neue Stellen in der eigenen Fischerhütte, an denen es haperte. Die Schilfmatten wären zu erneuern, hörte er jedes Mal, wenn er sich ein wenig hinsetzen wollte, die Bodenbretter ächzten bei jedem Schritt, für den schleißigen abgetretenen Teppich müsse man sich bei jedem Besuch schämen, lag ihm die Frau beharrlich in den Ohren, von notwendig werdenden Erweiterungen und den bei den Nachbarn bereits vorhandenen Komfort wolle sie vorerst gar nicht reden.

Petrus war gerade dabei, einen aus der Grundmauer gefallenen Eckstein wieder in die Lücke einzufügen und die Fugen mit Mörtel zu verschmieren, da blieb ihm die Kelle mitsamt dem Mörtel in der Luft stehen. Langsam drehte er sich um: Ein Fremder! Hm! Normaler Weise kommt so einer gar nicht auf seinen Grund, denn wozu gibt es Zaun und Gatter, wenn jeder

Dahergelaufene seinen ehrlich erworbenen Grund betreten und dort herumspionieren kann, um womöglich in der Umgebung herum zu erzählen, wie es beim Simon aussieht. Soll er sich vielleicht entschuldigen, dass seine abgewetzten Fischerklamotten zum Trocknen auf der südseitigen Bank lagen, durch die offen lehnende Türe sah man ins unaufgeräumte Vorhaus, neben dem Fußabstreifer lag allerlei fallen gelassenes Schuhzeug!

Der Fremde schien derlei jedoch nicht zu registrieren. Stattdessen kam er einen Schritt näher, schaute ihm in die Augen: ruhig und fest. Komm, wir gehen! deutete er mit einer knappen Kopfbewegung an und nahm ihm die Kelle aus der Hand.

Von den umliegenden Hütten her näherten sich indessen, einer nach dem anderen, die Nachbarn. Nicht jeden Tag geschah es, dass ein Fremder in diese Ansammlung von schiefwandigen Fischerhütten kam. Und wenn, benahm er sich anders und ließ erkennen, was er im Schilde führte. Nicht wie dieser, der weder ins Schema Hausierer noch in das der Pfannenflicker, Lumpensammler und Bettler passte. In keiner der hier bekannten Kategorien konnte man ihn unterbringen. Verstand jemand überhaupt, was der von sich gab? Ernst zu nehmen war der jedenfalls nicht: Ausgelatschte Sandalen, unfrisiert und die Rippen konnte man von weitem zählen. Aus der Gegend von Nazareth soll er stammen, meinte einer irgendwo gehört zu haben.

Komm, wir gehen, sagte der Fremde jetzt mit Nachdruck. Und wohlgemerkt: nichts mitnehmen, sonst wird das wieder eine halbe Sache.

Wie? Was hat der gesagt? Von einem Wort aufs andere sollte der Hausherr alles, was er sich geschaffen hatte, liegen und stehen lassen?

Obwohl: Allzu verlockend war es ja nicht, was er hinter sich lassen würde. Petrus legte es einmal auf die eine Seite der Waage, auf die andere seine nur mit Pflichtgefühl unterdrückte Lust, etwas Neues anzufangen statt hier zu verenden wie ein auf den Bootssteg zuckender Zander. Lange schwankten die Waagschalen auf und nieder. Am Ende wusch er sich die Hände, ging auf seine verdattert im Türrahmen stehende Petra zu, umarmte sie so innig wie schon lange nicht mehr, die gute, arme, drehte sich um und bevor die etwas sagen konnte, zeigten beide Männer ihr die Fersen.

Wie ist das bloß mit ihr, der Verlassenen, weiter gegangen, wird man sich fragen? Gehört hat man nichts mehr von ihr. Wird wohl schlecht und recht sich über Wasser gehalten haben, wozu gehört, dass sie nach einer gehörigen Wartezeit sich einen angelacht hat, einen praktischen Typen, der für die Hütte und ein Minimum an Komfort etwas tun konnte. Der Rede wert finden die Evangelisten solche Frauengeschichten ja nicht.

Statt dessen berichten sie des Langen und Breiten wie Petrus und andere Anhänger des Nazareners durchs Land gezogen sind. Man bedenke: Männer im besten Arbeitsalter, aber tagaus, tagein nur klug reden und die Stirnen runzeln, wenn der große Meister gelehrt hat.

Eines schönen Tages stiegen sie zu viert auf einen Berg. Petrus gemeinsam mit zwei anderen hinter dem Nazarener her, redeten sie nebenher eben von dem, was ihnen insgeheim doch abging: von ihren Frauen, den Hütten und der Fischerei. Unter solch kurzweiligen Plaudereien gelangten sie auf die Kuppe des Berges. Dort drehte der Meister sich um und schaute sie mit dem Ausdruck der Sorge der Reihe nach an.

Wenn ihr mir nur mit den Füßen folgt, mit euren Köpfen aber zu Hause bleibt, so werdet ihr weiterhin bleiben, wo und wie ihr bisher gewesen seid. Wollt ihr mit eurem Denken aber in meine Fußstapfen treten wollt, müsst ihr euch vom bisherigen Boden lösen. Ich will es euch zeigen.

Er stellte sich auf einen aus dem Rasen ragenden Felsen. Kaum stand er dort, lösten sich die Füße – war das möglich?- von der felsigen Unterlage; leicht wie aus dem See aufsteigender Nebel schwebte er.

Donnerwetter, wie geht denn das? glotzen alle drei. Wie hast du das wieder hingekriegt? Zeig uns das bitte!

Ihr müsst nur den Schalter umlegen, den Hauptschalter, den im Hirn, rüttelte er Petrus an den massiven Schultern. Umdenken müsst ihr! Umdenken!

Leichter gesagt als getan! Wo war er denn, der Schalter? Petrus fand den seinen jedenfalls nicht. Nun gut, er kannte immerhin die physische Voraussetzung für das Abheben, die Felsspitze und die entsprechende Körperhaltung. Mit aller Konzentration, deren er fähig war, stieg er auf den Stein, breitete genau wie der Meister die Arme aus, und obwohl sich keinerlei Änderung seines Schweregefühls einstellte, löste er zumindest das linke Bein von der Unterlage. Mehr war nicht zu machen.

Kleinlaut vom Felsen steigend sah er ein: Er war eben kein Luftwesen, er brauchte Festes unter den Füßen. Dort, auf dem Boden, brachte er dafür einiges zuwege, was andere nicht schafften, zum Beispiel mit dem wenigen Material, das oberhalb der Baumgrenze zu finden war, rasch ein paar Unterstände aufzumauern. Zackzack! Die anderen zwei sollten auch nicht so nutzlos herumstehen und mit verdrehten Augen nach oben glotzen, sondern ihm helfen. Mit verhaltenem Ärger rief er auch zum Wölkchen hinauf, er, der Schwebende, solle es gut sein lassen und wieder auf die Erde herab kommen, die Herumschweberei führe letztlich zu nichts.

Er herunten hätte nämlich zwei, drei ebene Plätzchen gefunden, wo er für die Nacht etwas herrichten möchte; etwas Bescheidenes könne es vorläufig nur sein. Gemeinsam mit den Anhängern im Tal würde er später einmal etwas Ordentliches hinstellen, etwas Repräsentatives, eine komfortable Residenz. Ein fester Wohnsitz sei auf die Dauer ohnehin notwendig, weil einem Obdachlosen würde das Volk nicht lange hinterher laufen.

Der den Augen Entschwindende hatte das vermutlich gar nicht mehr gehört. Für Immobilien hatte er, der ungehindert durch Wände und verschlossene Türen zu gehen vermochte, sich nie interessiert. Das hätte Petrus inzwischen wissen müssen.

Aber der war schon wieder in seinem Element, bei den Steinen..

Leider! Er hat mich noch immer nicht verstanden, zuckt der auf der Wolke hoch oben die Schultern. In aufgetürmten Steinhaufen wird das enden, in Domen und luxuriösen Bischofsresidenzen, wo sie mich einmauern möchten, um mich bei Bedarf wie einen Ochsen vor ihre Karren spannen zu können... ...

Weg war er. Ein weißes Wölkchen schwebte einsam durch die Weite des Sommerhimmels.

Und Petrus fing an, Steine aufzuschlichten.

Gedichte

Die superbe Zofe
hat der Tod ereilt.
Mitten auf der Stiege
nahm er ihr
den Besen aus der Hand
und so hatte sie
ein Bein zu wenig
und blieb auf der Strecke.

Behaglich
dümpelt der Lachs
bei seinesgleichen
im sonnendurchfluteten Delta.

In einer der Vollmondnächte aber
vernimmt er in sich
eine Stimme
Aufauf! ruft sie, .
verlass die Niederungen,
du bist zu Höherem berufen.

Frohen Flossenschlags
verlässt er die brackigen Gewässer
kämpft an gegen Strömung ,
Klippen und Stromschnellen;
weder Rast noch Nahrung
gönnt er sich.
Mit Not entkommt er

den Tatzen der Bären
und den Schnäbeln der Kormorane.
Heißen Herzens
schnellt er aufwärts,
Stufe für Stufe seiner Bestimmung entgegen:
einer Party mit Lachsbrötchen.

Wie soll ich dich, Verlorene,
zurückholen in dieses Weiß?
Gerät ein Satz zu schwerfällig,
Entziehst du dich ihm,
hinein in die Bereiche
der Elfen.
Ihre Schleier wehen
durch sommerliche Einkaufstraßen,
wo hauchzarte, gerade noch
im Materiellen ankernde Stoffe
vom Fassbaren weg
auf dich verweisen.

Spielerisch bewegst du dich,
zeigt mir der Sprung der Katze
und wie dein Haar glänzt,
lese ich ab vom Glanz
der Limousine, aus der
in den Abendnachrichten
ein afrikanischer Botschafter
aussteigt.

Zwar kann ich dir
nur in dieser
mir selbst zuwideren Gestalt
entgegen treten,
aber bedenke,
das bin nicht ich.
Ich habe mich lediglich
einer realen Erscheinungsform
bedienen müssen,
um überhaupt
zutage treten zu können.
Nimm also den Mummenschanz ,
den ich dir biete
nicht für bare Münze.
Verachte ihn, demütige ihn.
Es trifft mich nicht.

Oft wünsche ich mir
ein Regenwurm zu sein,
ein auf Bodenlockerung bedachtes Wesen,
in seinem Nutzwert
anerkannt und gelobt
von tüchtigen Frauen,
wie du eine bist.

Heute endlich habe ich mich
in die Ebene der Regenwürmer
empor gearbeitet,
indem ich mich
durch das Umstechen

eines Beetes
in die ringsum vor sich gehenden
Frühjahrsarbeiten eingefügt habe.

Eine der Gartenfrauen
ist am Zaun
bei meiner Frau
stehen geblieben,
und beide haben mich
in ihre Gespräche aufgenommen.
Schwerelos bin ich
über den Zaunspitzen
hin und her geschwebt.

Wer singet da
im Dornbusch?
Es ist der helle Tag.
Er spreizet sein Gefieder
mit frohem Drosselschlag.
Mit Erpeln traun und Enten
den Weiher er verziert.
Die Laich- und Lurchespenden
er froh im Sumpf verrührt.

Tage
wie aus dem Karbon geschnitten;
du bist ihnen ausgeliefert.
Hörst du die Mythen des Fleisches?
Sie erzählen
von Grausamkeiten

in Epochen voll Schwüle
und unbändiger Triebhaftigkeit.

Plötzlich vernimmst du
aus der Kühle des Abendwinds,
eine andere Botschaft
und erschrickst,
wie nahe dem Nichtsein
du nach wie vor geblieben bist.

Bewusstlos machende Tage
keine Ahnung wie viele.
Maikäfer liegen,
die Beinchen nach oben,
auf dem Gehsteig
und verdorren.
An derselben Stelle wirbelt anderntags
ein übermütiges Lüftchen
Laub in die Höhe.
Also muss die Mundtrockenheit
und das Brennen auf der Stirne
schon der lang ersehnte
Sommer gewesen sein.

Echsen der Vorzeit,
scheppernder Schuppen und
in allen Gelenken knarrend
robben sie hin übers Geklüft.
Ausweichen müssen sie nie.
Auszuweichen hat

das kleine Geziefer.

Wenn, weit hin hallend
 in den Karen
Hornhaufen gegen Hornhaufen prallt,
flüchtet es schleunigst
in die schützenden Ritzen.

Sowie das gegeneinander Anhurten
der Ungeheuer
und ihr tödliche Röcheln
 in den Kalkwänden verhallt,
strecken sie zitternd
 die Fühler aus den Ritzen
fragend,
was geschehen sein mag.

Ihren Fühlern bietet sich nichts
als aufgewirbelter Staub
und einige Veränderungen
in der Lage des Gesteins.
Von solchen Verschiebungen
 versuchen sie abzulesen,
welche Gewalten
hier aufeinander geprallt sein mögen.

Der Prophet
zeigt sich auf reinste Weise
im Warten auf ihn.
Sowie er dem Flehen der Seinen

nachgibt und sich ihnen zeigt,
wollen sie ihm die Füße küssen.
Er aber hält sie sich vom Leibe,
um sie auf einen anderen,
Größeren, zu verweisen,
der nach ihm kommen wird.
Der wiederum,
wenn er eintritt
in die aufs höchste Erwartung,
verweist sie
auf seinen Vater im Himmel.

Ehr mir, mein Sohn
die Priester, Schneider
und Friseure,
denn nicht fern sind die Zeiten,
da allen die Haare
zu Berge stehen werden.
Dann werden es
die Friseure sein,
die Beruhigung schaffen,
indem sie die Haare
wieder zu Frisuren ordnen.
Die Schneider werden
für ein Äußeres sorgen,
das zu Normalität
und altem Brauchtum zurück führt.
Die in die Luft gestreckten,
vergebens nach Halt suchenden
Hände schließlich

werden von den Priestern
zu einer Haltung
zusammen gefügt werden,
in der die eine
an der anderen Halt findet.´

Wohlan,
an diesem besonderen Tag,
dem Tag unserer sich jährenden Hochzeit,
spüren wir beide,
dass wir von hier weg sollten,
damit für den Rest der Zeit
bewiesen sei,
dass wir nach wie vor
zum Aufbruch imstande sind.

Entfernen kann man sich
von hier aus
talauf- oder talabwärts.
Es fehlt auch nicht
an einem zur Lokomotion
geeignetes Vehikel,
das allerdings gebunden ist
an die Asphaltbänder,
welche von einem Ort
zum anderen führen.

Versuchen könnten wirs
mit einem Aussichtsturm,
von dem aus wir

mittels eines Fernrohrs
den im Tal schimmernden Fluss,
die stolzen Burgen,
verträumten Schlösser und
zum Himmel weisenden Dome
näher an uns heranziehen.
Zu oft freilich haben wir erfahren
dass die sogenannten Sehenswürdigkeiten
aus der Nähe betrachtet
von derselben Art sind
wie die schal gewordenen Objekte
denen wir entkommen wollten.

Von den Aussichtstürmen bräuchten wir
andere Aussichten,
von den Fernrohren
die Überwindung des allzu Nahen,
Von den Burgen das Stolze,
von den Domen das Heilige,
von den Flüssen das Unermüdliche
von den Meeren die Grenzenlosigkeit.

Weil aber die Fahrzeuge
dies alles nicht erreichen,
wollen wir heute,
an unserem besonderen Tag
feierlicher Weise
zu Hause bleiben.

Es ist stimmungsvoll,
wenn gegen Ende des Jahres
das Grau der Hügelketten
in das der herab hängenden Nebel
übergeht und sich
die Unterschiede
von Himmel und Erde
zu einer einzigen,
alle Gegensätze verbindenden,
alles einschließenden
Trübnis vereinen.

Aufgehoben sind
die ins Gelände.
eingekerbten Grenzen .
In losen Verbänden,
schwirren Krähen drüber hin,
das Schwärzeste und Müdeste,
was man imstande ist
sich vorzustellen.

Wo in all dem Lärmschmutz
in der schwerflügeligen
Vagabundage über den Äckern,
steckt denn letztlich
der Rabe?
Im Alleinsein,
in dessen Form einer
auf einem Zaunpfahl hockt?
Im kehligen Gekrächze,

mit dem ein anderer
den Genossen folgt?
Die Schwere seiner Schwingen
kenne ich von meiner eigenen her.
Wohin es ihn zieht?
Da hat der Wind
ein Wörtchen mitzureden.
Zu geradeaus
schießen die ihm folgenden Gedanken;
die Flugschleifen des Schwarzfracks
fallen weicher aus.
Eine Eigenschaft nach der anderen
schüttelt er vom Gefieder,
mir vor die Füße.
Zuletzt, verschluckt vom Dunkel des Waldes,
stellt er das Schlimmste dar:
das Wegsein.

Ich glaube nicht an eure Kälte
nicht an euren Hunger, euren Tod.
Weg sein will ich am Ende,
wie ich am Ende dieses Gedichtes
weg bin.
Sollte jemals noch einer
nach mir fragen ,
sagt ihm,
ich sei immer schon
im Jenseits gewesen.

Ende, 13. Okt. 2017